◆◆ 中国文学名家散文精选丛书

# 大树之下

厉周吉　著

南　昌

**图书在版编目（CIP）数据**

大树之下 / 厉周吉著 . -- 南昌：江西高校出版社，
2025.6. --（中国文学名家散文精选丛书）. -- ISBN
978-7-5762-5613-0

Ⅰ . I267

中国国家版本馆 CIP 数据核字第 2024Q0Q194 号

责 任 编 辑　龚　振
装 帧 设 计　夏梓郡

出 版 发 行　江西高校出版社
社　　　　址　江西省南昌市新建区工业二路 508 号
邮 政 编 码　330100
总编室电话　0791-88504319
销 售 电 话　0791-88505090
网　　　　址　www.juacp.com
印　　　　刷　鸿鹄（唐山）印务有限公司
经　　　　销　全国新华书店
开　　　　本　650 mm×920 mm　1/16
印　　　　张　13
字　　　　数　160 千字
版　　　　次　2025 年 6 月第 1 版
印　　　　次　2025 年 6 月第 1 次印刷
书　　　　号　ISBN 978-7-5762-5613-0
定　　　　价　58.00 元

赣版权登字 -07-2024-1009

# 目 录
CONTENTS

第一辑
一路芬芳

走向振兴　　　　　　　　　002

校园飘香　　　　　　　　　020

大树之下　　　　　　　　　031

悠悠中国年　　　　　　　　051


第二辑
人间至爱

母爱醇厚　　　　　　　　　066

父爱深沉　　　　　　　　　077

永远的伯父　　　　　　　　085

爱情况味　　　　　　　　　092

第三辑
生命之光

廉吏记事 108

生命之光 119

人生之药 128

诚信至上 134


第四辑
生存寓言

那些生命中的柔软 146

灵魂深处 158

多彩城事 168

生存寓言 179

减肥三记 193

第一辑

# 一路芬芳

## 书香桃花

接到县作协询问我能否参加龙山桃花节开幕式有关活动的电话时，我正为如何安排清明假期而犯愁。这又多出一件事来，怎么办？我稍做犹豫，还是答应了。

平时工作忙，我本想利用假期尽量多陪陪老人和孩子，可假期短，需要干的事情又很多，想两全其美，实在太难。去参加活动，就会失去一天本来能和家人在一起的时间。不去的话，又心有愧疚，作为一名作协会员，参加的作协活动实在有限。

当然，早就知道龙山桃花节非常精彩，也是我决定去的重要原因。当时，还在想，要是能够和家人一起去，那是再好不过的。不过，最终没能如愿。现在想来，生活多是如此，得与失，相生相伴。生活随处会碰见意外的惊喜，也不时会遭遇美丽的遗憾。

那天，风和日丽，天气预报显示，最高气温达 26 度，这对于桃花盛开的季节来说，是少有的高温。在这样的好天气里，与春天，和桃花，来一场约会，真是人生乐事。

参加集体活动的好处是对交通等事情不用费心，只管开心享受过程的美好即可。等坐上车，我就开始享受这种幸福了。

行车途中，我除了品味窗外的美景，就是认真听别人讲述龙山的人文历史和逸闻趣事。一路走来，愈来愈觉得龙山是个人杰地灵的好地方。

下了省道，汽车拐进乡村道路，前来参加活动的人很多，让本来并不窄的道路变得异常难走。重要路口多次对进入车辆进行限行，但车还是开得很慢。这样也好，我们正好可以充分欣赏路边美景。

麦苗返青，郁郁葱葱。连翘盛开，灿烂金黄；紫荆成片，魅力闪耀；梨花初绽，楚楚动人；桃花遍野，美艳无比……各种颜色，和谐搭配。绚丽多彩，如梦似幻。车行路上，人游花海。不知不觉，已经沉醉。这样的行程，总是渴望长一点，再长一点。

到达目的地，来到主会场。现场已人山人海。当我们好不容易找到地方坐下，开幕式也就要开始了。

正式活动开始前，我的注意力一直在舞台上，就在我不经意的一转眼间，突然发现前面有个熟悉的身影，仔细看时，竟是同事。上班时间，天天见到，此处突遇，颇感意外。原来，她是来领奖的，在全县读书征文活动中，她获得第一名。我与她经常在一起工作，其平日为人低调，想不到竟出手不凡，一举夺魁。她虽然早就知道自己获奖并来领奖，但是没告诉同事。当然，我来参加活动，也没和别人说。于是，就有了这次的意外相遇。

本届桃花节，有好几项与读书学习有关的活动，给在读书征文活动中的获奖者颁奖，挑选获得学习强国最高分者并颁奖，组织图书漂流……这些活动，有创意，具特色，弥漫着浓浓的文化气息。

现场的节目很精彩，有本土的著名歌手和演员，也有从外地邀请的名家，他们的精彩表演不时引起一阵阵激情欢呼。舞台上，有很多中老年表演者。美好的春日，灿烂的桃花，似乎只有与青春靓丽的小姑娘才合拍。所以一开始，我觉得他们的表演与整场活动不太协调，但很快我就被他们投入的表演和精彩的表现而打动，进而深深地体会到了这样安排的深意。

春日美好而短暂，桃花美丽而易凋。经历过漫漫冬日，才有难得的绽放，但绽放时间却那样短暂，甚至经不起一场春雨的洗礼、一场春风的撼动。其实，人的生命又何尝不似桃花。短短几十个春秋，不过是几十次桃花开落的事，更何况在这短短的过程中还要遭遇太多的风雨。生命太短，磨难太多。如何度过，怎样生活？我想，桃花给了我们最好的答案。因其短暂，更要努力绽放。努力用短暂的生命为世界奉献更多的美好，给生命和关爱我们的人一份交代。

桃花节活动结束，我们又参观了龙山古镇等处景点，大家都对龙山的巨大变化感到振奋。再加上龙山镇领导对龙山发展的介绍，在我们眼前，一个充满文化气息的现代旅游小镇呼之欲出。

回家路上，经过城阳街道原办事处门口，路边那株已有200多年历史的紫藤枝繁叶茂，长势喜人。这棵紫藤在莒县古树中榜上有名，更是城区少有的古树。紫藤是攀附在一株古槐上面的。我常想，200多年前，这地方的古槐和紫藤应该不止这一棵，但唯有这两株没被砍伐，应该与它们特殊的组合有密切关系，几百年来，紫藤与古槐，成了一对互相成就的搭档。紫藤没有古槐，无物攀附。古槐没有紫藤，失去保护。古藤与古槐亲密无间，便成了一处美丽的风景、一个温暖的故事、一种恒久的存在。

由此，我不禁想到龙山桃花节与文化活动的有机融合。龙山桃花节有许多创意与亮点，但我认为最出色的，还是将桃花与书香的巧妙结合。桃花与书香本无关系，因为有了这个节日，二者就变成一对美好的存在。当桃花遇上书香，桃花便有了底蕴；当书香遇上桃花，书香便有了依托。有了底蕴的桃花将易逝的美丽变成恒久的美好，有了依托的书香将抽象的艺术化为优美的意象。两相结合，就有了产生恒久魅力和精彩故事的肥沃土壤。

真心希望以后每届龙山桃花节，都在桃花与书香的结合上多下下功夫。那样，龙山桃花节将更加精彩、更具特色、更能恒久！


## 那块土地

拍下这块土地，李嵩长舒一口气。真想不到一块并不起眼的土地，竟然费了那么多的精力。不过，为这块土地，付出再多，他也觉得值。

回到酒店已近午后三点，他感到又累又饿，他让助手点了羊肉汤和大刀面等几样自己喜欢吃的饭菜，他想好好犒劳一下自己，顺便喝几杯，放松一下。

菜还没上，他的手机就响了起来。是土地出租方打来的。

"对这块土地，我们村委会进行了深入研究，大家初步决定不再对外承包，我们希望您尽快来一趟村委会，商议一下具体事宜……"对方说。

"你们怎能随便反悔！没有充分理由，我是坚决不同意的。"李嵩又急又气。

菜已经上来，可是他已经没有半点食欲，让助手匆忙打了下包，就急匆匆地驱车朝河岔村驶去。

河岔村面向黄河，背靠一座不高的小山，是一个有数百年历史的古老村落。小山山坡和缓，很多土地宜耕宜林。近些年，村内年轻人多数到城里打拼去了，村里年轻人少，喜欢耕种土地的人更少，很多土地得不到充分利用。为了改变这种现状，村里决定对土地进行流转，集中承包开发。

这样做到底行不行，到底有没有人肯大面积地承包土地，村里也拿不准，没想到对土地进行公开招租之后，竟有很多人前来竞租，租金自然也是一路飙升。

"你们有没有法律意识，怎能说反悔就反悔呢！我们可是公开竞租的。"李嵩来到村委会，跟村主任交涉道。

"实在抱歉，集体的决定，我也无能为力。"村主任是一位年近60的健壮老人，长期的农业劳动让他浑身肌肉壮硕，皮肤黑里透红。他一边解释一边赔礼道歉，客气谦逊的语气中透露着不容商议的坚定。

"也许你们确有难言之隐，但是如果没有充分的理由，我是不会放弃的。"李嵩说完，村主任久久无语。

"给您造成的损失，我可以以个人的身份进行赔偿，村集体经济实在太紧张了。"过了好一会儿，村主任才说。

"是不是有人准备出更多的钱？"李嵩问道。

"不是！承包费已经高得离谱了，怎么会有人出更多？"村主任说。

"那是什么原因呢？"李嵩继续问道。

村主任沉默了许久才说："村集体经济不宽裕，村里大量土地得不到充分利用，我们想用这种形式对土地进行开发并增加村民收入。但是承包费实在是太高了，我们觉得无论种植什么作物都难免亏本，所以决定不再承包给您。"

"亏不亏本，那是我的事情。"李嵩说。

"您是商人，商人自然是为了追逐利益，所以村里人最大的担心不是您不赚钱，而是拿到土地后另有打算。我们可不希望您做出破坏环境，尤其是不利于天鹅栖息的事情来。您不会是在打天鹅的主意吧！"村主任说。

"你怎么知道我在打天鹅的主意？"李嵩吃惊地说。

"这么说，您真是在打天鹅的主意了，那么，我们更不可能把土地承包给你。"村主任很坚决地说。

李嵩笑着说："我是在打天鹅的主意不假，但这不应该是你们拒绝我的理由呀，我不是你们想象的那样。"

李嵩是一家大型公司的老板，他的公司搞房地产开发，也搞旅游投资，围绕"天鹅"他做了很多有创意的旅游项目，也获得了较为丰厚的回报，但是他觉得目前在对天鹅栖息地的保护上，还有许多地方可以加强。作为一个有社会责任感的老板，他希望靠自己的力量为保护天鹅尽更多的责任，他准备将承包到的土地用来种植玉米、豆类等农作物，然后将这些粮食配送给游客，让游客给天鹅喂食，之所以亲自承包土地种植粮食，是为了保证粮食的绝对安全，也是为了给天鹅提供一块野外自由觅食的土地。至于花钱多少，他觉得无所谓，毕竟这钱用在了保护天鹅上，还促进了乡村经济发展。作为天鹅之城的一位居民，他觉得这样做很应该也很有意义。

当李嵩和盘说出自己的真实想法后，村主任叹息着说："流转这块土地前，村里人一直很纠结，最担心的就是获得了经济效益，却破坏了环境，影响了天鹅。这种结果那是再好不过的事情。您等着，我们会尽快开会研究研究，并跟您签合同。"

"这还需要研究？"说这话时，李嵩满脸迷茫，村主任却笑容满面。


## 回归农村

从小，我就渴望逃离农村。如今，离开农村多年的我，又渴望回到农村。

我小时候生活在农村，对农村充满了苦涩的记忆。贫穷是农村生活的最大困扰，因为贫穷，吃不好，穿不好，生活有说不完的困难。因为贫穷，并且找不到赚钱的门路，父母整天吵架。我的童年记忆中，父母几乎天天吵架，时间便在困难与争吵中步履维艰地前行着。现在想来，父母吵架时，是自己最无助的时候。本该无忧无虑的童年看到了生活的太多痛苦和无奈，那种痛苦深深地烙印在孩子稚嫩的心灵，让本已艰难的农村生活，更增添了一重苦涩。

农村的劳苦是我对农村的又一可怕记忆。那时的农村学校，总共有四个假期，除了现在的寒假与暑假，还有麦假与秋假。麦假是家里的麦收时间放的，秋假是秋收时间放的。名为假期，实际上是为了方便大人干活并且让孩子帮家里干农活。暑假期间同样有许多农活需要干。父母有很多农活要干，自己稍微大一点，自然就和父母一起外出劳动。在儿时的记忆中，那些又脏又累的农活永远也干不完。对一个孩子来说，那是多么可怕的记忆。

农村的生活环境差也是我想离开农村的又一主要原因。那时的农村几乎家家养一些家畜，尤其到了夏天，家畜粪便的味道，在整个村庄内弥漫，早上、晚上苍蝇、蚊子频频对人发起疯狂的袭击，一到夏天，我的腿上被这些东西咬得疙瘩连片，简直痛苦不堪。

文化生活贫乏，是我渴望逃离农村的又一原因。我小时的农村，连个电视都没有，村里偶尔能够演场电影，几乎就是农村人的最大文化盛宴。那时村里有户人家，因为家庭条件好一些，有时会到城里看场电影，回来后，往往不停地向我们讲述城里的各种好处，把几乎从未到过县城的我馋得难以形容，于是从小就想，但愿有一天，自己也能到县城去生活。

其实让我想逃离农村的原因还有很多，于是我拼命学习，总算如愿以偿，大学毕业后，在县城附近工作，并最终实现了到城里生活的梦想，离开了天天渴望逃离的农村。

当你真正在城市生活了，才知道城市的烦恼也有不少，城市的生活条件好一些，但是城市的压力确实特别大，城市生活仿佛一个快速转动的巨轮，在这个巨轮上，你除了奔跑，别无选择。因为只要停下来，哪怕只有一刻，你就会感觉仿佛被这个世界淘汰了。于是你开始怀念农村相对悠闲而且压力小的生活。

城市的人很多，多到只要走出家门就几乎时时刻刻都被车流和人群包围，可是在这样的被包围中，你却总是感觉非常孤独，因为物理距离的接近并没有拉近心理距离，相反，人与人的心理距离变得更加遥远，远到连邻居都互不认识，邻里之间串门玩耍成为更不可能的奢侈。于是你开始怀念农村人与人之间淳朴而真诚的关系。

城市很美好，但是真正属于每一个人的空间往往有限，尤其是对于像我这样的工薪族来说，每一平方米的空间，都是那么珍贵而难得。于是你时时刻刻感受到空间狭小对你形成的强大压力，于是你的内心渴望拥有一份属于自己的更大更自由的空间。这样的生存空间只有在农村才可能找到。

于是你又开始怀念农村的美好，渴望回到农村。

我想，对多数从农村出来的人来说，都有这样的感受。于是，几乎每一个人都对农村怀有一份非常复杂的感情，那是在渴望逃离与渴望回归之间的痛苦摇摆。

前些日子的一次采风活动，却使我对农村的想法有了新的转变。这次采风，通过参观两处农村，使我看到了新型农村的希望。龙山镇的嗡嗡乐是农村旅游开发的典型代表，招贤镇的玫瑰产业园使我看到了农村产业集团化发展的希望。这都是新型农村发展的重要代表。通过这些产业发展，农村的生活环境好了起来，农民的腰包也鼓了起来。农村不再是人们渴望逃离的地方，而是成为城里人渴望去看一看，甚至肯拿出钱来到那里生活的地方。

通过产业基地的介绍，我看出他们的产业负责人都是非常有梦想的人，通过他们的规划，我看到了未来农村的美好样子。虽然这些美好的农村只是广大农村的部分地方，但我分明看到，这样的产业和农村旅游景点正在迅速扩大，它们像星星，在广袤而美丽的农村闪着钻石般的熠熠光辉，我相信这些星星之火，终将形成燎原之势。那时，随着交通条件的改善等配套设施的建设，新型农村终将成为城里人异常向往的天堂。

## 雨过天晴

张平离开单位尚未到家，暴雨就疯狂地下起来。今年暴雨忒多，一场连着一场。每次下暴雨，张平压力就特别大，作为水利局的一名工作人员，他有许多事情需要协调处理。只要下大雨，王大爷家就可能漏雨，这让他很揪心。王大爷家漏雨的是一间偏房，虽然他多次跟自己反映漏雨的事，因为没找到具体漏雨点，还没有进行维修。

王大爷的老伴五年前就过世了。唯一的女儿远嫁千里之外，很多事帮不上忙。张平是王大爷的脱贫帮扶联系人。张平待人和蔼，常来常往，这些年给他解决了不少具体困难。现在王大爷早已把张平当成了他的家人，有事没事都喜欢跟他聊一聊。王大爷虽说早已脱贫，可是他当初反映的这个问题一直没有得到解决，张平一直觉得非常过意不去。

张平在自家小区门口拐了个弯，朝王大爷家驶去。风大雨急，王大爷家的屋又该漏了，这次一定要帮大爷找到漏雨点并设法给予解决。张平一边开车一边想。

狂风吹着树叶和小树枝猛烈地抽打着车窗玻璃。去王大爷家所在的王家坡村有 60 多公里路，其中近一半是乡村道路，那些路多是山路，虽说是新修的，在暴风雨里也无法走得太快。两个多小时后，汽车终于爬上了团团箩山头。如果天气好，这时就能看见绿树掩映中的王家坡村了。

这时张平的手机响了起来。是父亲打来的。靠边停车，接听。父亲这几天身上疼痛剧烈，他本想坚持一下，从今天早上，疼痛更加严重，几乎无法站立行走，他希望张平尽快回家并和他去医院看看。张平老家在城南 50 多公里处，王家坡在城北，即便是立即回家也需要三四个小时。如果回家，两个多小时的时间就白费了。如果不立即回家，万一父亲发生意外怎么办？

一番犹豫后，他决定先去王大爷家看看再回家。他给父亲回电话，说等雨小一点自己处理完急事就往回走，叫他尽量先别活动。"阴天是不假，哪里下雨了！？你以为我真傻了呀！"父亲说完就挂了电话。

推开王大爷家的院门，张平大吃一惊：院子里飘满了玉米和花生，王大爷倒在房门前，身子一半在屋内，一半在屋外。张平立即跑向前去，把老人抱到屋里。询问得知，下雨前王大爷急着收拾晾晒在院子里的玉米和花生，滑倒跌伤了，好不容易爬到屋门口就再也爬不动了……现在下肢疼痛严重，不敢活动。他立即拨打了 120，接着联系村委会的人前来帮忙。镇医院的救护车很快就穿透风雨呼啸着开来了。来到镇卫生院，张平和村干部马不停蹄地陪老人做 CT、拍心电图、抽血化验，办理住院手续等。

等护士给老人挂好吊瓶，张平刚准备松一口气，电话又响了起来。"你个不孝的熊孩子！平日忙，周末也忙？就是真忙，也不能不管你爹了呀！"老父亲大声地吼着。"刚才有事，很特殊的事情，脱不开身，我很快就回家，你坚持一下呀！"张平耐心解释道。"你要是有心，就直接到县医院来找我！"老父亲说。"到底是什么情况？"张平急忙询问。原来，老父亲给自己打完电话不久，那边就开始下雨了，他急忙到门口收拾东西，由于疼痛难忍就倒在了街上，碰巧让来村里考察工作的市民政局副局长孙征碰见了。孙局长急忙招呼一位邻居陪同并亲自开车把他送到了县医院。

"人家大局长都有空，你个小科员就没空了！亲儿子，怎么还不如个外人！"老父亲不依不饶。风停了，雨也住。空气清新，阳光灿烂。张平心中五味杂陈。他安排好王大爷，驾驶汽车快速朝县医院驶去。

两个多小时后，张平找到父亲。医生告诉他，目前看无大碍，具体情况还得等化验结果。这时，他的手机收到一条王大爷女儿发来的信息：其实，我父亲的房子并不漏雨，他谎称漏雨多数时候是为了获取更多的关心。感谢您对我父亲的关心和照顾，您救了他的命。他很感激，也为自己的撒谎行为感到愧疚，坚持叫我发这条信息给您……张平如释重负，一屁股坐在病床边的板凳上，由于过度紧张劳累导致的腰酸背痛仿佛顿时全好了。

## 最佳方案

这天中午，季笑天打理好业务后，在总经理办公室里来回徘徊，他看了一下表，眼看就到了吃饭的时间，然而到哪里吃饭好呢？思来想去，他还是决定去找厚明，那里虽然是乡下，却有个非常不错的厨师。

厚明是季笑天的好朋友，自小喜欢斗鸡。这里所说的斗鸡指的是鲁西斗鸡，这种鸡历史悠久，早在春秋战国时期，斗鸡就已经成为贵族们经常进行的赌博方式了，然而随着社会的发展，斗鸡行业正在不断衰败，这似乎是谁也难以改变的事实。

作为一个山东人，厚明认为自己有义务保护斗鸡，他认为斗鸡行业发展不起来的重要原因是斗鸡饲养与表演都形不成规模，但是他缺少大规模饲养的资金，于是就向季笑天借了30万元。转眼一年多时间过去了，厚明的资金基本用完，市场却没有打开。

可巧季笑天这些日子资金也有些紧张，他想让厚明归还一部分资金却又不好意思开口，于是只能委婉地表示自己的想法，可是厚明却装作不明白，每次季笑天来他都热情款待，至于还钱的事却只字不提。

没有办法，季笑天便隔三岔五地去找厚明，一来二去，竟然鬼使神差地喜欢上了厚明的厨师做的菜了。

季笑天用电话联系了一下，厚明照旧非常热情地邀请季笑天过去吃饭。

席间，厚明频频敬酒，很快，季笑天最喜欢的那道炖鸡上来了，厚明频频招呼季笑天吃鸡，自己却一点也不吃。季笑天笑着说："老弟，你也吃点吗？"

厚明笑着说："这是专门为你做的，我怎么好意思吃呢！我知道你喜欢这道菜，所以你每次来我都让师傅做给你吃，而今天的炖鸡更特别些，我特地让师傅多放了许多你最爱吃的鸡脖子！"

眼看就要喝完酒了，厚明对还钱的事依旧只字不提。季笑天心想：看来我不挑明他是不会开口的，于是就说："当初你说一年之后还我钱，现在都快一年半了，你总得想想办法了吧！"

厚明皮笑肉不笑地说："是啊，当初我是借了你30万元，不过现在我已经全部还给你了！"

一听这话，季笑天一下愣住了，他惊疑地看着厚明说："你可不能随便乱讲啊！"厚明一本正经地说："我哪里乱讲了！"季笑天一拍桌子说："胡说，你什么时候还我的？"厚明笑着说："季大老板，不要激动吗！我问你，我借你的钱干了什么？"

"那还用说，养了鸡啊！"

"你说得太对了，可是你知道我养的鸡在哪里吗？"厚明继续问道。

"那还用说，在你的鸡棚里啊！"

厚明笑而不答，他要求季笑天陪他到鸡棚看一下，结果鸡棚里一只鸡都没有，接着他们又来到厨房，在那里季笑天看到地上堆了很多刚刚被杀掉的斗鸡，只是少了脖子和头。看罢，季笑天非常吃惊，忙问为什么要把这些鸡杀掉，厚明冷笑着说："还不是为了招待你！"

季笑天惊讶地问："这么说，我每次来吃的鸡都是你养的斗鸡啊！"厚明歪着头说："对啊，这里面绝对没有掺假。最初我为了感激你才悄悄杀了一只斗鸡让你吃，想不到你还吃上瘾了，我想反正这些鸡也派不上用场，还不如干脆把它们全部宰掉给你吃了。现在的情况是这样的：我借你的钱养了鸡，而这些鸡又全部被你吃掉了，你说现在到底是我欠你鸡钱呢，还是你欠我十几个人一年多的工钱？"

"你这个无赖！"季笑天朝厚明的脸狠狠地来了一拳，厚明一下倒在了地上，季笑天刚准备继续打，从旁边窜出几个大汉，他们把季笑天打了一顿之后，架出了养鸡场。

回到单位，季笑天越想越气，他拿起电话就给他的朋友孙光头打了个电话，孙光头立即带着二三十个弟兄赶了过来，这些人都是当地的痞子，他们很快就谋划好了一套行动方案，准备去和厚明拼上一场。

他们刚要出发，可巧被季笑天的妻子杨柳看见了，杨柳急忙拦住他们，询问季笑天要去干什么，季笑天就把自己被厚明欺骗的事说了一遍，并说一定要狠狠地教训这小子一顿。

妻子死死地拉着笑天说："还记得历史上的'斗鸡之变'吗？"季笑天说："当然记得。"原来，早在春秋战国时期，鲁国的两大诸侯季家与厚家曾因为斗鸡时弄虚作假而发生暴力冲突事件。

"那你还记得斗鸡之变的结局吗？"

"当然是我们季家大获全胜！"

"那只是暂时的，季家暂时获胜后，不还是很快就落败了吗？所以说斗鸡之变的真正结果是两败俱伤，所以你必须马上停止行动！否则斗鸡之变的悲剧将重新上演！"

在气头上的季笑天当然听不进妻子的话，无奈妻子以死相逼，他才不得不停止行动。

以后的几天时间里，杨柳一直牢牢地看着季笑天，使他没有机会单独行动。经过几天的思考，季笑天逐渐认识到动武确实不好，但是怎样办才好呢？

通过法律手段来解决当然是最好的方法，然而季笑天向律师咨询过，律师认为这个案例非常特殊，虽说厚明明显处于劣势，但是真正打起官司来，恐怕没有个一年半载是判不下来的，再说，即便赢了又能怎么样，顶多把厚明送进监狱罢了，因为他根本没有能力偿还债务。季笑天寝食难安，再加上自己的业务也不顺，双重打击使他差点崩溃。

这天，季笑天正在上愁，杨柳问他："你打算吃点什么？"季笑天说什么也不想吃。"你已经好几天没有正儿八经地吃东西了，这样下去怎么行！你仔细想想，肯定有你愿意吃的东西！"妻子说。

季笑天想了想，嘴角露出一丝苦笑。杨柳急忙问他笑什么，季笑天笑着说："你说奇怪不，你这么一说，我首先想到的竟然是我在厚明那里吃过的鸡！"

"对呀！你一直说厚明那里的厨子做的鸡是天下一绝，这到底是因为他的厨艺高，还是因为鸡的缘故呢？"杨柳这么一说，季笑天腾地从沙发上站了起来："对啊！我怎么没想到呢？你抓紧时间弄只斗鸡来我们尝尝！"

斗鸡很快就弄来并做好了，还没出锅便有一股熟悉的香味弥漫了整座楼房，厚明喝了一口汤，非常高兴地说："对，就是这个味道！"杨柳尝了一口也觉得非常好吃。

"这么说他做的鸡好吃，不是因为厨师手艺棒，而是因为斗鸡本身味道独特。既然斗鸡这么好吃，如果专门当成食品来开发肯定前景广阔！"杨柳高兴地说。

"一只斗鸡少则几百元、多则上千元，谁吃得起啊！"季笑天无精打采地说。

"大规模的养殖来降低成本啊！"杨柳说。

"大规模的养殖谈何容易，当初厚明为了克服大规模养殖的技术难题费了多少周折！"季笑天说。

"你这么一说倒让我想起了一个办法，那就是找厚明合作。他之所以弄到山穷水尽的地步，是因为市场开发的思路没有打开，没有把斗鸡当成食品来开发。如果让他负责养殖，我们投资并负责市场开发，前景肯定不错！"杨柳越说越高兴。

同厚明合作，季笑天当然不愿意。杨柳认为厚明的本质并不坏，他这样做是在走投无路的情况下的无奈之举，杨柳自告奋勇地去找厚明谈判，季笑天勉强答应了。

事件发生后，厚明认为季笑天肯定不会善罢甘休，于是在鸡场准备好了很多打手，准备同季笑天大干一场。想不到竟然迟迟不见季笑天行动，心里就觉得很是过意不去。于是就老老实实地待在家中等着季笑天把他送进监狱，想不到等来的却是季笑天要跟他合作，等杨柳说出自己的打算后，厚明目瞪口呆，等他回过神来，连连称赞杨柳的创意，他发誓一定要竭尽全力给季笑天搞好养殖，并立即找季笑天负荆请罪。

很快，季笑天也度过了经济困难时期，他们两人冰释前嫌，精诚合作，克服重重困难，最终还是打开了市场并获得了巨大的收益。

当然他们并没有忘记最初的目的，那就是保护斗鸡并让斗鸡文化发扬光大，如今他们在全国建起了数座斗鸡寨，人们既可以在里面了解斗鸡文化、欣赏斗鸡比赛，又能够吃到口感独特、营养丰富的斗鸡食品，于是流传了几千年的斗鸡文化重新焕发出了前所未有的青春活力。

## 那排银杏树

学校地处城乡接合部，周围多是农户。学校侧面的院墙外有一溜窄窄的空地，附近的住户便在上面种上了各式各样的蔬菜瓜果。这样也不错，既充分利用了土地，又省下了学校花钱绿化的钱，于是，很久以来，学校一直默许着这种行为。

院墙边还有个垃圾池，附近住户的主要生活垃圾都投放在这里。垃圾有时清理得不及时，再加上人们投放垃圾有不到位的时候，垃圾池周围难免会有一些垃圾，这自然影响学校形象。再加上各户农民种上的蔬菜瓜果高矮不一，看上去虽有田园风味，却不太美观。

这次学校评选文明校园，按照规定，垃圾池那地方卫生不达标，那块土地也必须进行绿化，否则影响学校的得分。学校怕影响学校的形象，就让分管后勤的王利副校长协调解决。

怎么解决？直接找农民办事肯定不好办。王利想了许久，决定先咨询一下在城管工作的同学。同学爽快地说，这事好办，只要你们打电话报警，我们立即前往处理。

报警！这显然不合适，这不把学校与附近居民本来不错的关系弄僵了吗？他决定先与村干部沟通一下情况。

来到村委会大院，王利很快就找到了村主任。村主任也姓王，因为是第一次见面，王利有些紧张，他担心万一村干部不搭理自己，事情就不好办了。没想到当他说明情况后，村主任毫不犹豫地答应了，并承诺一定尽快处理。王利长舒了一口气。

回到单位，王利没敢把情况汇报校长，他想等等看看，因为答应归答应，是否能够落实到行动上去，还是个未知数。

没想到下午村里就来人了，在三个村干部的监督下，各户种菜的农民很快就把自己的蔬菜处理干净了，垃圾池周围也打扫得一干二净。不但如此，而且把所有土地进行了平整。

"我们已经处理好了！校长，您过来检查一下吧！哪里不合适，您再安排。外面的土地我们虽然进行了平整，但还是不好看，我给你们拉几车沙垫一下。"王主任在电话里说。

"我不用看了！非常感谢。您太客气了，拉沙的事就先不用麻烦了！"王利说。

"没事的，不麻烦，我都已经安排好了！以后有什么事，您尽管说，别客气。"说完，王主任就挂掉了电话。

王主任的电话让王利多少有些不舒服。还没有讲好价钱，就把沙拉来了，这账怎么算？他本想立即打电话回复说不要了，但是觉得既然村里这么配合学校的工作，又不好意思回绝了人家。

下午，王利办完事回校，见到学校门口已经整理得焕然一新，刚整理过的地面平整而光滑，还均匀地铺上了一层细沙。

"王主任，非常感谢你！您真是太客气了。拉沙的钱以及工钱怎么算？"王利问。

"总共三车沙，3500元，再加上雇了十几个人，总共5000元。现在都忙，找人不好找呀！"王主任说。

"是呀！理解，理解。"王利说。

挂掉电话，王利暗暗骂王主任圆滑。对学校的工作，表面上非常配合，实际上不大不小地敲了一下学校的竹杠，沙钱和工钱都太贵。但是知道归知道，也拿他没办法。

转眼间，春天就到来了，学校正在考虑如何利用那溜空地。这天，忽然看见十几个农民在栽树。等王利发现时，门外那排银杏树已经基本栽好了。

一次就罢了，想不到还接二连三的，真是太过分了！王利生气地想。

他本想立即找王主任理论，转念一想，干脆以静制动，等他要钱时再同他理论不迟。转眼间，两个多月的时间过去了，那排银杏树已经绽放出鲜嫩的绿叶，却一直没见王主任的动静。

王利忍不住打电话询问王主任情况，王主任说："那些树是村民自发组织给弄的。说实话，当初让村民清理蔬菜时我觉得有些头疼，我害怕村民不通情达理，想不到大家这样配合我的工作。当时我觉得把村民们还没收成的蔬菜破坏了，感到过意不去，就用工钱和一部分沙钱对他们进行了一定补偿。百姓收到钱后，知道了事情的原委，就一起商议为学校做点什么，就栽下那排银杏树。"


## 多元成才

"春季高考和夏季高考有什么不同呀？"

"两种高考考查内容和考查方式差别很大，所以普通高中的学生想参加春季高考就得进行培训等考上之后，就一样了。"

"你确信一样吗？"

"这个你放心，我们单位是非常专业的培训机构，对春季高考，我很了解……"

"平白无故的，弄什么春季高考呀！没事找事！"

说完，赵军就把电话挂了，弄得老王茫然若失。

作为一家培训机构的教师，老王经常接到各种咨询电话。刚才打电话的是他的高中同学赵军。

虽说是老同学，但平日他们几乎不联系。赵军很有一股蛮劲，上高中时，学习异常刻苦，硬是由一个中游生考入了本科院校，当时班里考上本科的只有三个人。参加工作后，赵军同样非常努力，在单位工作一直像老黄牛一般卖力。

从一开始打电话，老王就听出赵军带着很大的不满，但这种不满缘何而起，他猜不透，就决定通过严峻了解一下情况。

严峻也是他的高中同学，严峻学习不认真，但活动能力强，当时学校不大，全校学生他能认识一多半。他没考上大学，高中毕业后就开始四处打工，等考上学的同学们陆续毕业时，他已办了个效益不错的小厂子，二十年后，他已是年收入 100 多万的老板了。这些年老同学们陆续走上领导岗位，他和同学们的良好关系更让他如虎添翼。

他为人热情，消息灵通，不管有什么事，同学们都愿意问他。

"也不知道为什么，赵军刚才没头没脑地给我打电话，他现在混得怎样呀？"拨通电话后，老王问严峻。

"赵军呀，这几年不是很顺，去年他单位提拔一个副科，他本来挺有希望的，但最后提了个比他年轻许多的，错过这次提拔，赵军就再也没有机会了，所以异常郁闷。再加上他对象的单位这几年效益越来越差，肯定也影响到他的心情。"严峻说。

"难怪跟我打电话，带着很大的情绪，还无头无脑地问我春季高考的事。"

"呵呵！最近他一直问大家这个，他的女儿不是今年参加高考了嘛，本来成绩一直不错，可是考夏季高考差 5 分没到本科投档线。我儿子建子不是通过春季高考考上了嘛，本来他女儿一直比我儿子成绩好很多，他实在没想到会是这种结果，所以四处询问春季高考的事。估计是因为难以接受这样的现实而心理失衡了吧。"

经过一番思考，老王决定跟赵军好好谈谈。

"今天忙吗？"这天，老王电话联系赵军。

"不忙，有事吗？"赵军问道。

"咱老同学许多年都没见面了，没事你出来咱俩喝杯酒吧！"

"谢谢你还记得我，我知道自己混得不好，咱同学几乎没一个搭理我的，是呀，我背！我怎么就这么背呢！就拿我与严峻来比吧！你说我哪里比他差呀，我学习比他努力，成绩比他好，我是本科，他连专科都没考上，可凭什么他成了身家上千万的老板，而我却连个副科都混不上。单单我背也就罢了，为什么我的孩子也背，我女儿成绩那么好竟然没考上，而他那成绩一直不咋地的儿子竟然考上了本科！"赵军愤愤不平地说。

"是呀！我也遭遇过很多类似的事，表面上看这似乎不公平，一开始我的心理也不平衡，不过现在我基本想通了，社会发展了嘛，这本来就是一个多元成才的时代，真的是'条条大路通罗马'了，我们除了接受这样的现实，还要积极应对。有些事电话里说不清楚，你过来，让老同学好好开导开导你。你来不来呀？"老王说。

"去，当然去，别说不忙，就是再忙我也要去，你是这几年来唯一一个真正关心我的同学，我能不去吗！"赵军语音里充满了感动。

挂掉电话，老王激动地做了一个成功的手势。

不过他拿不准如果赵军知道自己的目的后会怎么想。他想劝赵军用他女儿和建子的反差为培训机构做个广告，同时让他女儿复读并参加他们单位的培训……


## 不求理解

许多年以前，当我走出学校的时候，我的内心充满了怨愤，因为我被学校解聘了。

这所学校地处沂蒙山腹地的一个穷山坳里，是一位年龄非常大的台湾归侨创办的。学校主要服务于贫困学生，全部学生免交学费和住宿费，学校食堂的饭菜也非常便宜，学习态度端正的学生还能得到非常丰厚的奖学金。一时间学生数量激增，教师却严重不足。

由于种种原因，来这儿工作的教师往往两极分化，要么是刚毕业的大学生，要么是已经退休的老教师。不过由于充分利用了青年教师的干劲和老教师的经验，学校的教学质量还是非常不错的。

之所以非常在意这所学校的工作，不是因为我真正喜欢这所学校，而是因为我知道找工作的难处。在我刚毕业的时候，苦苦奔波了好几个月，就是找不到理想的工作，最后才不得已选择了这所学校。两年以来，我的教学成绩一直遥遥领先，怎么也想不到会被学校解聘。

当时，我怒气冲冲地跑进教务科，问教务科长为什么解聘我。教务科长是一位胖胖的老头。他耸耸肩说这是校长的决定。

"年轻人纷纷被解聘，老年人却多数被留下来，要不是你们这些老人耍手腕，校长肯定不会做出如此荒唐的决定。我要找校长说明真相。"我生气地说。

"校长外出办事去了，他不可能接你的电话。"胖胖的教务科长坏坏地笑着。

我一遍一遍地拨打校长的手机，校长果然不接。我无比怨愤，一种强烈的被戏弄感涌上心头，发誓要活出个样子给这群老人看看。

离开学校以后，我很快在一所乡镇中学找到了工作，五年以后，我已经是这所学校的副校长了。一天，我到原来的学校办事。恰巧校长没有外出，他热情地接待了我。

"还记得我吗？五年前我在这儿工作过，不过后来被解聘了。"我非常得意地说。

"有印象，但不是很深，因为从这儿走出的人很多。"校长喝了一口茶，平淡地说。

我本想立即问当初解聘我是不是他的意思，后来又觉得这样做不太礼貌，就岔开话题，聊了一些这个学校别的情况，后来还是不自觉地扯到了学校的师资问题上，于是忍不住问他为什么把很多非常有潜力的年轻优秀教师无情地解聘了。

校长沉默了许久，最后才说："我年龄大了，财力又有限，只想尽力为山里孩子上学提供方便，不想影响年轻人的前程。留下老人是因为他们在家闲着也很无聊，并且除了这个地方，他们可能很难在其他地方找到工作，解聘青年人是为了逼迫他们去寻找更大的发展空间，让刚毕业的大学生在这儿锻炼几年可以，要是一直把他们留在这儿，如果哪一天学校办不下去了，而他们又错过了找工作的最佳年龄，那不就是害了他们吗？他们刚刚离开这儿的时候，也可能不适应，但逼他们走出去，最终是有好处的！"

听完校长的话，我无比震惊。我问校长为什么不把自己的想法提前告诉我们，校长淡淡地说："有些东西是需要被人理解的，有些东西是不需要被人理解的，并且，有些时候不被理解效果可能会更好。"

### 冬日的温暖

天越来越冷了。打开教室门的一瞬，张老师感觉一股煦暖的热气扑面而来。近来，感冒的学生特别多。好在教室里的暖气已经开通三天，温度基本上来了，这样学生在教室里学习就舒服多了。

他在教室里认真查看了一圈，灯棍、门窗、桌椅、玻璃，每一个细节都不放过。三年级的孩子，格外调皮，稍有不慎就容易出现安全问题。等他确信没有任何问题后，又开始准备教具，等待学生到校。

每天第一个到教室早早地打开门，检查教室里的安全问题，等待学生入校，是张老师多年以来养成的习惯，转眼间，这个习惯已经保持近 20 年。

七点半以后，学生们陆续来到教室，天气寒冷，多数学生的小脸被冻得红扑扑的。十多分钟，学生们基本来齐了，只有三名同学没有到校，一名同学的家长已经通过微信给孩子请了假。孙昭明昨天就有感冒症状，今天估计是因为感冒加重没来学校。张雯雯前天因为感冒请了假，应该是还没好。

等安排好孩子开始晨读，他给孙昭明的妈妈打电话，果然是感冒加重了，他妈妈因为和他在医院里打针，一忙碌，忘记了请假。解释完之后，她急忙向老师道歉，张老师赶紧表示没关系，并告诉她好好给孩子治病。

打完电话，张老师检查了一圈学生读书情况，他决定再了解一下张雯雯的情况。张雯雯前天请了假，回家治病，昨天他通过电话了解过，医生说一般需要打三天的针。像这种情况，一般不需要再打电话了，但是他觉得还是打一个更稳妥。

拨打张雯雯妈妈的手机，手机响了，但一直没人接听。他接着拨打张雯雯爸爸的，手机响了，同样没人接听。

因为和家长联系很多，对张雯雯父母的情况，张老师很熟悉，按说这个时候，他们不应该还在睡觉。他再次拨打张雯雯父母的电话，同样都没人接听。

那到底是什么原因都不接电话呢？不行，我得亲自去他们家看看。这时上第一节课的语文教师已经在教室外面等着了，教室里的学生他可以放心地交给任课老师了。

张老师简单地安排了一下，请了个假，就驱车快速朝张雯雯家赶去。

张雯雯父母在城郊种菜，为了方便干活，他们在菜园边盖了几间小屋，平日就生活在这里。

屋门紧闭。张老师敲门，没有反应，使劲拍门，里面传来微弱的应答声，张老师一脚把门踹开，屋子里扑来一股浓浓的煤气味，张雯雯的爸爸趴在地上，张雯雯和她的妈妈躺在床上，看来，他们一家应该是煤气中毒了，张老师急忙打开窗子，并拨打了急救电话。

经过治疗，他们一家人都平安无事了。医生说，多亏发现及时，要是再晚几个小时，即便没有生命危险也会留下后遗症。

事后，张雯雯一家非常感激张老师，说什么也要向学校汇报张老师的事迹，但是因为张老师一再拒绝，他们最终还是没有向学校汇报。但是张雯雯妈妈在自己的微信上发了一条朋友圈，朋友圈的题目是：教师一个电话，救我三口性命。

这条朋友圈转眼转发过万，张老师的事迹在社会上引起了强烈的反响，当然，学校和教育主管部门也很快都知道了。为此，张老师受到了市里和县里的好多表彰。因为这些表彰，张老师在竞争激烈的职称评选中突出重围，多年没有解决的职称问题得以顺利解决。

对张老师的成功，有人说纯属偶然，也有人说这不是偶然，而是生活对他多年来工作严谨细致、高度重视安全的必然回报。

# 大树之下

## 祈 福

每年正月初，去浮来山祈福，是莒地的民俗之一。早就听说去浮来山祈福的人特别多，但真正看到这么多车辆和游人，瑞婕还是有些震惊。停车场内大小车辆整齐地排着，道路边上也停得满满当当的。虽然卖票的速度很快，窗口前还是排起了长长的人龙。买到票的人们欢快地往山里走着，脸上都洋溢着新年的喜气。

瑞婕今年 18 岁，上高三了。她是和母亲江雪一起来的。瑞婕的心理素质不是很好，成绩也不突出，在即将到来的高考中能不能考出理想成绩，她一点把握都没有。为此，她有些苦闷。母亲看她压力很大，就决定领她到浮来山，散散心。

那天，瑞婕和母亲先到定林寺看了银杏树王——当之无愧的天下银杏第一树。4000 年的风风雨雨似乎赋予了它特有的灵气，站在树下，她的精神不禁有些恍惚。心神飘忽间，她觉得自己是那么渺小，18 与4000，这是多么大的距离呀！4000 年间，银杏树肯定遭遇过很多灾难，但它都挺过来了。不战胜困难，怎能成就伟大？与伟大的银杏树相比，自己即便考不上大学，那么点挫折有什么了不起？这样一想，她的心情顿时轻松了许多。看完银杏树，瑞婕又和母亲到校经楼，在刘勰高大的塑像前进香、磕头。

从定林寺出来，她又参观了朝阳观、华人寻根馆、五百罗汉彩塑阵等景点。一上午的时间，转眼就过去了，她觉得真是不虚此行。虽然离浮来山不远，但因为忙着学习，她已经有好几年没上山了。她实在想不到这几年浮来山发生了这么大的变化，更重要的是她在浮来山上想透了很多她以前从未想透的问题。

从朝阳观转到定林寺前面时，母亲看到寺前有位算卦的老人，就让瑞婕打一卦。瑞婕轻轻摇头。

"来一卦吧！"打卦的老人也说。

"打就打，谁怕谁呀！"说完瑞婕就开始摇卦。摇过六次，老人表情严肃地说："明珠土埋日久深，无光无亮到如今。忽然大风吹土去，自然显露有重新。"

"呵呵，还挺深奥，我可不愿费这脑子琢磨，你就直说吧！"瑞婕笑呵呵地说。

"这是一个很特殊的卦，下卦是乾，刚健之意；上卦是坎，险陷之意。以刚逢险，宜稳健为妥，不可冒失行动。观时待变，定能成功。"那人解释说。

听完他的解释，瑞婕脸上的笑容更加灿烂了。

那年高考，瑞婕发挥得很好，她以 600 多分的成绩顺利地被一所一本院校录取。

女儿拿到录取通知书后，江雪非常高兴，她认定是到浮来山祈福起作用了，于是再次到山上烧香还愿。

那天，她在定林寺上过香，在寺前又碰到了那位打卦的老人。老人端坐在寺前，双目微闭，慢慢捋着胡须，显得气定神闲。

"老先生，您好！还记得我吗？今年正月您曾经给我女儿打了一卦，您打得真准！"她蹲下身子说。

老人轻轻摇了摇头说："那么多人，我怎能记住？但有一点是肯定的，凡是孩子来打卦的，不管他们打出了怎么的卦，我都会给他们以积极的心理暗示。对一个孩子而言，只要心态好，就没有办不成的事！当然了，能否真正起作用，还得靠孩子自己！"

只要心态好，就没有办不成的事，根本上还得靠自己！这些话岂止适用于孩子呢？江雪一边思索，一边慢慢地往山外走去。

一路上，她一次次回头，有不舍，也有感慨。因为她发现，那洞明世事的老人、那矗立了一千多年的定林寺、那跨越了4000多年的银杏树，以及经历过4亿多年沧桑巨变的浮来山……都像一个个睿智的老人，他们都在用生命默默诉说着无尽的人生哲理，等你，用心谛听。


## 春寒挡不住

多日以来，早有和同事一起去浮来山玩一下的想法。然而眼看就要清明了，天气依旧寒冷无比，更兼多有大风，计划了二十多天，也未能成行。

这日是周末，我再次约同事一起去爬山，同事依旧以天气寒冷为由拒绝了，还说让我先到山上看看景色如何。我虽然知道同事说天气冷只是拒绝的委婉借口，但也并不怎么在意，既然不想，又何必强求，对世事与生活，我本来就一直采取顺其自然的态度。但不管同事去不去，我都下定决心要去爬山了。

清晨，天气很不好，气温低，还有风，天上有厚厚的云。看来真是没法去了，我心里想。不想到了10点多钟，天气竟然很快好了起来，风小了，云退了，太阳温暖地照耀着大地。这样的天气，在这个春天里，也算是挺难得了。于是我骑上自行车，兴致勃勃地朝浮来山进发了。

我家就住在浮来山附近，骑自行车不用20分钟就到了。很久以来，我一直把上浮来山游玩当成最好的休闲方式之一，一有空闲，就骑车到山上去逛逛。既锻炼身体，又放松心灵。

当我跨进浮来山，就知道今天来爬山是多么正确的选择。

山上的迎春花开了，一簇簇的金黄耀眼地张扬着、闪亮着，沉睡了一冬的山野仿佛被这热情的金黄唤醒了。定林寺前面的那一片迎春花连成一条金黄色的彩带，给这所千年古刹带来了无限的生机和活力。仔细看那迎春花花瓣，那是一种鲜嫩得让你心动的黄，真害怕这样娇嫩的花，抵挡不住这料峭的春寒，但它还是灿烂地开着，一点都没有害怕寒冷的意思。所以我认为在它娇嫩表面的背后，有一种超人的勇气与坚强。人们喜欢用花来比喻女人，我认为女人在柔弱表面背后，往往也是坚忍而顽强的，这样说来，迎春花是不是最能体现女人这一特点的花呢？

如果说金黄是山上最耀眼的颜色，那么嫩绿就是山上最有希望的颜色。阳坡的小草已经长得很高了，一团一簇的，只是尚未连成一整片而已。定林寺前的那条小溪里，流水潺潺，溪中与两旁长了一带鲜绿无比的草，这些草，有水草，也有普通小草。这样小溪便成为一条蜿蜒的绿丝带，在春风的吹拂下，轻轻地飘扬着。一位游客提着袋子，在溪边仔细地寻找着什么，不知他是想把这一带绿意带回家，还是想寻找自己喜欢的宝贝。校经楼前面的一排无名小花已经长出了五六厘米的嫩芽，那种颜色绿中带红，鲜嫩无比，惹人怜爱。漫山遍野的松柏已经不再像冬天那样凝重，而是绿中带黄，昭示出无限的生机与希望。

如果说小草与迎春花在春天面前都表现得一点也不矜持的话，定林寺中阅过四千年沧桑的银杏树却表现得从容多了，但它显然也已经积蓄了足够多的能量，枝头那一个个叶芽都鼓得圆溜溜的，只等某个庄严时刻的到来，便可展现出新一个春天的无限魅力。

寒冷挡不住，毕竟春已来，这是我这次上山的最大体会。尽管春寒料峭，尽管春风呼啸，但是一个充满生机与活力的春天已经到来。而春风与春寒显然既阻挡不住春天的脚步，又阻挡不住热爱自然的人们，山上熙熙攘攘的游客就是最好的证明。

下山的时候，我有无限的不舍。真想在山上多待一会儿，好深入体会一下这让人陶醉的春天，毕竟山永远在那里，美景却转瞬即逝。所以我非常想明天对同事说，昨天你没上山，真是亏了！

想不到第二天我把这句话告诉同事时，同事笑着说："没亏，一点都不亏，昨天我处理完杂事，下午也去爬山了，只比你晚去了几个小时而已。"

## 春到浮来春藏心

过完春节，开始上班，生活重新走上充实而忙碌的周而复始。终于等到周末，打开电脑，登录QQ，看着网友熟悉而陌生的头像，读着他们各自的QQ签名，进而考虑这段时间他们的心理和生活状态，时而会心一笑，时而略生感慨。

"青青的茶叶已经冒出了细小的芽尖，漫山遍野都弥漫着一层淡淡的茶香，迎春花儿也开了……"读到一位网友的这个签名，心中不禁一颤，山野之中，春的气息竟已如此浓烈！我有些怀疑，毕竟平日里我只感到料峭春寒。当然，表示疑惑的不仅仅有我，他的多名好友就跟帖表示怀疑，其中一个网友跟帖道：求图，求真相，一天到晚净瞎想！

看后，不禁微笑。朋友也是上班的，多数时间在喧闹的都市间过着三点一线的单调生活，如果不是刻意为之，估计也没时间到野外放松一下。那样想来，跟帖说他瞎想的人，也算是了解他并了解春天的人了。

但是这些话却实实在在地勾起了我到山野转一转的欲望。没再犹豫，我换身衣服，骑上自行车朝位于城西的浮来山蹬去。

家离浮来山很近，不到3公里的路程，虽说有些上坡，骑着车子有些吃力，但我还是很快就到了。走进山门，我便迫不及待地开始寻找春的气息。

进山的路是东西走向的，路的北面正好是向阳的山坡，猛眼看去，还是成片的枯黄，但仔细看时，枯草下面泥土已经解冻，在温暖阳光的照耀下，那样松软，那样湿润。再仔细看时，松软的泥土间已经遍布了小草的新芽，成片成片的，嫩绿微黄，可爱极了。迎春花尚未开放，但那花骨朵已经非常饱满，仿佛只要一阵暖风，便可灿烂整个山野。

路的南面是几个池塘，塘里的水清澈透底，里面水草墨中带绿。我在塘边静立许久，忽然看见一尾小鱼儿在水草间倏地动了一下，仔细看时，再也发现不了它的影子。最让我喜欢的是连接几个池塘的小溪，溪水是那样清澈，那样喜人，一尘不染而又绵绵不绝。溪边的水草，比任何一个地方的都绿得显眼，柔软的根须与细小的叶片与清澈透底的溪水尽情地缠绵着，那种感觉真像一对情真意切而又不离不弃的情人，让你不禁遐想，世间人与人的关系，若也能如此，那该多好！

说实话，进山之前，我的心情是不好的，过度的劳累与难以处理的生活烦事几乎让人崩溃，甚至就连现在上山游玩，这难得的表面的片刻悠闲，也有繁重的任务在身。平日里多有感慨，生活确实太累了，内心之中也曾多次对自己说要学会放下，但是真正放下又是何等难以做到呀！

但是，这次在山上游玩，看着这潺潺的溪水，听着山间舒缓的音乐以及定林寺传来的幽幽钟声，我忽然感到身心一下平静了。其实，我们的生活已经够美。烦恼，皆由于患得患失与祈求太多，莫担心失去，勿祈求太多，内心自会平静，烦恼自然消除，快乐也就随之而来。

有了这种想法之后，我顿觉山上的风景更美了：悠悠飞舞的灰喜鹊，巍巍矗立的定林寺，依山而建的朝阳观，静立千年的银杏树……无论欣赏哪一处美景，也让你产生无与伦比的幸福感。闭上眼，我甚至看见漫山遍野的迎春花已经开放，一个绚烂的春天已经蓄势待发……

"穿越阴霾，阳光洒满你窗台，其实幸福一直与我们同在，我的世界春暖花开！"山上传来飘忽而优美的歌声。是呀！春到浮来，春藏心间，打开你的心扉，一个美好幸福的春天就会扑面而来。


## 山与水的诉说

踏着音乐的节拍，我走进浮来山。

刚下过几场雨，空气无比湿润，山色格外柔和。也许是下午的缘故吧！进山的人不多，整座山寂静而柔美。走在山路上，恰似穿行在缠绵迷蒙的江南烟雨里，也像穿越到了神韵独具的古典山水画中。

跨过山门，顺着进山的路，我慢慢走着。路非常干净，整座山也仿佛刚出浴的美人，一尘不染，赏心悦目。小草绿得清新逼人，竹叶亮得鲜如翡翠，松柏青得沉沉欲滴。路两边形似动物或石块的喇叭里播放着旋律舒缓的音乐，与这旋律相应和的，是溪水的哗哗声和轻柔悦耳的鸟鸣声。这境界，幽美得让你不敢大声喘气，也不敢走得太急，生怕弄出声响，打破了整座山的和谐与幽美。

要不是刚下过雨，山上的水不会这么丰盈。也正是因为这水，整座山平添了许多生机和活力。古语云：仁者爱山，智者乐水。仁者爱山，多因山的敦厚沉稳与博大崇高。智者乐水，多因水的灵秀活泼与奔流不息。敦厚因活泼而生动，灵秀因沉稳而安恬。因为有了水，沉稳的山灵动了起来。

一路走来，佛木溪一路相伴。水很清，很浅，很多地方，甚至连溪底的鹅卵石都漫不过来。流速却很快，溪水像调皮的孩子，一边忙着赶路，一边顽皮地与溪底的鹅卵石嬉戏着，像是快乐地奔赴一场美丽的约会，也像着急于领略山外的灿烂文明。你往山上走，水向山下流。溪水与你，似乎互不相干，却又对你不离不弃。水流过，溪却在。溪水明明不停流逝，却又绵绵不绝仿佛毫无变化。就这样，水与溪动态地平衡着，叫人很自然地产生许多哲学上的联想和对生命的诸多感慨。

"问渠那得清如许，为有源头活水来。"有了水，山就有了更多耐人寻味的东西。水有很多值得人类学习的品性，水有遇到障碍更能激发的力量；有容清纳浊度量；有能形态变换而不失本性的特点。而山上的水更加讨人喜爱，因为她体现出了水的多种品性。同样是溪水，清泉峡里的水与佛木溪里的水就大不相同。

紧贴路边的佛木溪，虽说十分美，但人工痕迹稍显重些。清泉峡则更像一条自然状态下的小溪。小溪源于浮来峰下，坦坦荡荡，顺山势淙淙流出，于定林寺前汇聚成潭。万年神龟卧于潭中，又像浮于水面。沿溪而下，一潭接着一潭，细细的溪水和美丽的瀑布便成了连接各处潭水的动感链条。尤其是那几处瀑布，清澈的溪水凌空跃下，撞击在山石上，溅出碎琼乱玉般的水花，发出涤荡人心胸的哗哗声，真是美极了。让人吃惊的还有那潭水的清澈程度，几乎如空气般透明，水草毫发毕现，水里的彩色游鱼也历历可数。人常言"水至清则无鱼"，这里的水，却用事实给了这句经典古语以最好的反讽。

顺着山路，登上佛来峰。太阳即将落下，在灿烂的夕照中，浮来山一派紫光熠耀，不禁让人神思飞扬。我想，难怪"浮来夕照"是古老莒县的"外八景"之一。在这灿烂晚霞里，你的眼前有三峰鼎峙的浮来山，有屹立了 1500 多年的古刹定林寺，有刘勰著书立说的"校经楼"，有阅尽沧桑的"天下银杏第一树"，还有呼呼的山风以及即将落下的夕阳……

在这一刻，生命的短暂与宇宙的永恒，流逝的美好与凝固的辉煌，个人的喜忧与家国的兴衰……诸多情思，几多味道，奔来眼底，涌向心头。让你因生活的忙碌与琐屑变得日渐狭小的心胸难以容下，于是你只得一次次清空自己的大脑，掏空自己的心胸。在一次次清空与掏空中，你的大脑变得澄明，你的心胸也变得博大。于是你会觉得，其实生活中没有疗不好的伤，没有放不下的痛，也没有跨不过的坎。

行文至此，不禁再次想起大清顺治年间莒州太守陈全国在银杏树下立碑时的题诗：大树龙蟠会鲁侯，烟云如盖笼浮丘。形分瓣瓣莲花座，质比层层螺髻头。史载皇王已廿代，人经仙释几多流。看来今古皆成幻，独子长生伴客游。


## 以树的姿态伫立

最近，忙碌无比。中秋节单位放假，渴望能够稍作休息，实际上，因为几件突发性任务，导致这几天甚至比上班还要忙碌。我把打算干的事统筹了一下，可做可不做的全部划掉，再仔细安排余下的事。竟能余下半天，我不禁有些欣喜了，因为我可以利用这半天时间到浮来山上放松一下。

当我办完前面的事情，已经下午四点多了。登上浮来山时，已接近五点。多数游客都已下山。但停车场依旧有许多车辆，看来游客不少。

进山之后的第一站就是去看那棵拥有四千年历史的"天下银杏第一树"。没有一丝风，银杏树静静地立着。银杏叶依旧绿得墨绿深沉，只有极少数叶片露出了微黄的叶边。银杏果已经熟透，一枚枚，圆圆的，金黄金黄的，晶莹剔透，点缀在绿叶中间，格外好看。银杏，之所以取名为银杏，是因为它的果实的种皮是白色的，有银子一般的颜色。金黄与银白，一枚果实把世间可以作为钱币使用的两种金属的颜色，结合到了一起，仅这一点，就能看出银杏的非同寻常了。

碰巧有几位外地的游客，导游在向他们介绍着银杏树的历史，有位本地游客，对银杏树的很多遭遇了如指掌，正是因为了解，他问的问题就格外独特，譬如大树哪年断了一根树枝、哪年某位重要人物辞世等，他似乎在寻找这两者之间的联系。也许是因为很少有人问这些问题吧，导游被问得连连摇头，好在现在上网方便，他很快就拿出手机搜索起来。

跟随他们穿过前院，绕过几十米曲径，就到了"三教堂"院。院子的东南角，也有一棵银杏树，不过，它与"天下第一"相比年轻多了，树龄一千三百多年。这株银杏树和普通的树不同，普通的树是大树遮阴欺负小树，而这棵银杏树竟主动让出空隙让旁边的小树往上生长，而且越小的长得越直，真是难得一见的高尚风格，因此这棵树也被称为"风格树"。导游向我们介绍说，据植物学家研究，再过两千年，这棵大树与它身边的小树会合为一体，成为一棵更为粗大的树。我的思绪顿时有些飘忽，两千年以后，会有谁在树下抬头仰望？

据研究，银杏树最早出现于3.45亿年前的石炭纪，因此被科学家称为"活化石""植物界的熊猫"。在这棵树下，我捡了两枚银杏果。

圆圆的、胖墩墩的,轻轻放在手心里,掂一掂,仿佛手里托着的是数亿年的时光。银杏的经济价值极高,具有很高的食用和药用价值。食用银杏,能养生延年,所以银杏早在宋代就被列为皇家贡品。真不知道在亿万年的时光里,银杏树曾用自己的果实,给世人带来多少好处。

走出定林寺,我又在山上其他几个非常喜欢的景点逛了一下。这时山上几乎没有一个游人了,整座山很静很静。我走得很慢很慢,生怕打破了整座山的宁静。也正是借着这份沉静,让我能够静下心来仔细欣赏山上的美景。整座山层层叠叠的是满眼的绿色,个别树种的叶片已经有些泛黄,整座山还是由绿色主宰的。欣赏着满眼的绿色,听着清脆的鸟鸣,呼吸着新鲜的空气,我的心情舒畅了许多。

我边走边思考,我想,毋庸置疑,山的最大魅力在于有了银杏树,那么银杏树的最大魅力又在哪里呢?在于它穿越了数千年沧桑而依旧生机勃勃地伫立在天地之间。

我常想,如果一个人也能像树一般那该多好!

显然,这只能是梦想。不过,我们虽然不能成为树,但我们可以以树的姿态活着,像大树一样宠辱不惊,并在发展自己的过程中,尽最大努力给世界带来好处。

我在山上久久伫立,仿佛自己变成了一棵树。


## 千年积淀成文化

深秋的浮来山最美。

深秋的浮来山美在沉静与坦然。

我顺着进山的路慢慢走着，听着舒缓的音乐，看着慢慢行走的游客，烦躁的心境渐渐平和。没有风，却不时有树叶悠然飘落，我的心里没有"无边落木萧萧下"的感慨，更多的是对树叶走完自己生命历程却能如此坦然的赞赏。无论是春季百花吐露芬芳，还是夏日万物生机勃发，或是暮秋树叶纷纷凋零，都是生命必经的过程，只要认识到这一点，并用一种成熟的心态坦然面对，就能让生命在任何季节绽放出独特精彩。

深秋的浮来山美在明澈与自信。

因为树叶逐渐萧疏，浮来山渐渐显露出它形体和肌肤的本来面目，水就是水，山就是山，不需任何点缀，不在意别人毁誉，那是一份洒脱与自信。你看那水，明澈见底，就连水底鱼儿的轻轻游动，也能看得一清二楚。你看那山，像男人的筋骨，壮硕有力，毫无遮掩地暴露在你的眼前。如果没有内心的明澈，怎会如此大胆！而能如此大方地把自己的本来面目呈现在世人面前，自然需要一份难得的自信。

深秋的浮来山美在绚丽与淡泊。

山上最夸张的颜色是黄色。一入秋，银杏叶片便开始慢慢变黄，先是边缘，慢慢黄遍整个叶片。从整棵树的角度来说，先是某些枝叶，慢慢黄透整棵树。银杏叶的黄不同于一般树叶的黄，一般树叶多是一种毫无生机的枯黄，而银杏叶是一种耀眼的金黄，那种黄，闪耀着光芒，透露着智慧，张扬着激情。这天，定林寺内拥有 4000 年历史的银杏树的叶片已基本黄透，满树金黄，灿烂逼人，你仿佛觉得这是激情似火的盛夏。山上的另一种动人的颜色就是红，很多不知名的花草的叶片经霜浸染之后，变成了耀眼的红色，尤其是浮来山后面的山坡上，半个山头都被红色占据了，气势颇为壮观。山上还有另外一种颜色，那就是绿，因为不管季节如何变化，那些松柏始终绿得郁郁葱葱。金黄、鲜红、碧绿……各种颜色搭配在一起，整座山就变得绚丽多彩。无论哪种植物，面对秋天都是那样安详而坦然，在这里，秋天没有萧瑟与苍凉之感，有的只是温暖与从容，以及从这份从容中表现出来的淡泊。

深秋的浮来山美在包容与成熟。

秋日是成熟的季节，浮来山上漂浮着瓜果的馨香。在这种馨香里，你会感受到浮来山文化的精髓。如果说浮来山文化的核心是福寿文化，那么经过几千年的沉淀和积累，这种文化已趋向成熟。银杏树虽是天下第一，却不事张扬，静静地伫立在山前。就连整座浮来山，也是如此，浮来峰、飞来峰与佛来峰，像围成一圈的三位老人，静静地围护着定林寺以及寺内的一切。而定林寺后院最高处的三教堂，更是让人赞叹，有时想想，真不知是哪位高人的创意，竟然把释迦牟尼、老子和孔子三位高人放在一起供奉。从一定程度上来说，一种文化的成熟，取决于这种文化对其他文化的包容性。所以我说，浮来山文化是一种成熟的文化。

那日，时尚爱情数字电影《绿茶男女》正在银杏树下拍摄，摄制组要求所有游客不要弄出任何声响，大家静静地欣赏着一对青年男女在树下为爱祈福，现场一派静寂，只有片片树叶不时从树上飘落。

我想这部电影一定好看，在这古色古香的千年庙宇里，在这已阅过世间四千年沧桑的古树金黄下，一对青年男女为爱激情拥吻……这是多么难得一见的场景，这是多么令人感慨的画面。

不久，就能看上这部电影了，我期待着……

## 千年灵树

山东省莒县浮来山是一处远近闻名的旅游胜地。这座山之所以远近闻名，除了拥有深厚的文化底蕴，还有一个重要的原因，那就是山上有一棵树龄4000年的古银杏树。此树现高26.7米，树冠遮地20余亩，树干周长15.7米。经国家林业局专家鉴定，是"天下第一银杏树"。

此树虽经历数千年的风风雨雨，但至今阳春开花，金秋献实，生机盎然。但在今年的夏天，这棵千年古树却遭遇了一场从未遇到过的灾难。

从5月开始，这棵银杏树的树叶出现了不同程度的干枯，一开始只是部分树梢叶片的边缘有些干枯，景区的工作人员虽然注意到了，但也没怎么在意。过了些日子，叶片干枯程度越来越严重，几乎整个树冠的叶片都出现了严重的干枯现象，有许多树枝甚至提前开始落叶。对这棵古树来说，这可是从没出现过的现象。

景区工作人员不敢大意，急忙上报有关单位。这消息很快就传到了省里，省里很快就派来了几位专家，对这事进行研究并寻找对策。

因为树叶干枯是从5月开始的，当时下过一场小雨。专家首先想到的是雨水有问题，但是定林寺内除了这棵银杏树，旁边不远处还有一棵，后院之中也有一棵一千三百多年的古银杏树，这两棵树都没出现干叶现象，山上遍布的其他树种也未出现干叶现象，所以雨水有问题的怀疑就排除了。

接着，专家们又想到了另外一种可能，那就是银杏树本身生病了。于是专家们又对这棵银杏树进行了很久的专门研究，从树根到树干、再到树皮树枝、再到树叶本身，但还是没能发现任何问题，因为银杏树本身具有很强的抗病虫害能力，一般不会染病。

接着专家们把研究范围再次扩大，研究大树周围的环境，是不是因为周围环境变化或者天气干旱，大树吸水不足所致。然而专家们依旧没能找到突破口，因为这些年浮来山及其周围的环境保护很好，周围环境只能说一年更比一年好。要说是因为天气干旱，那也不对，因为今年浮来山地区的降水与往年基本持平。

那到底是什么原因呢？找不到原因，难道只能眼看着大树一天天落叶、枯死？这可把景区领导急坏了，各级领导知道后也愁坏了，要是这样一棵几乎与我国文明史齐寿的大树枯死在我们这一代人手中，那我们岂不成为千古罪人？

总不能任由大树的叶子在一天天变黄、掉落吧！大家都想为大树做点什么，却不知道做什么好。临近8月，整棵大树树冠高处的叶子几乎都枯萎了。

屋漏偏逢连夜雨，8月初，台风"达维"来了，台风从山东过境，对莒县造成的巨大破坏，几乎史无前例的：大树倒折无数，房屋倒塌几百间，很多乡村道路交通中断，大量农作物绝收。当然，浮来山也未能幸免于难，山上合抱粗的大树都被吹倒或吹折近百棵。

银杏树会怎么样呢？台风过后，景区管理人员急忙到定林寺内查看，人们吃惊地发现，大树竟然毫发无损，甚至连一根小树枝都没掉。

这怎么可能？怎么会这样？景区工作人员恍然大悟，这应该是与大树顶部的叶片枯萎了有关，要是像往年那样枝繁叶茂，大树肯定难逃一劫。更加让人感到奇怪的是，达维台风过后，这棵古树竟然一改衰态，很快就长出了很多新叶，整棵树也重新焕发出勃勃生机。

这是莒县"天下银杏第一树"在 2012 年的一次真实经历，到底是造化的巧合保全了这棵千年古树，还是几千年的风雨洗礼已经让这棵奇树本身拥有了灵性，似乎谁也说不清。

## 携手赏金黄

尚未跨进定林寺，我就被那一树灿烂的金黄震惊了！

那是一种怎样的金黄呀！透彻，纯粹，逼人，横空出世般，向你扑面而来，令人震撼，令人感慨，令人猝不及防。

"大树盘龙会鲁侯，烟云如盖笼浮丘。"从这一树金黄里，你会感受到大树的博大，也能感觉到自己的渺小。"汉柏秦松皆后辈，根蟠古佛未生前。"从这一树金黄里，你会感觉这山、这树历史的久远，也会感到自己生命的短暂。"云外飞黄叶，萧萧雨晚庭。"从这一树金黄里，你能感受到一种令人心碎的美。

一年的风雨洗礼，灿烂了一树金黄。也许，这夸张的金黄是银杏叶片最华丽、最夸张的谢幕吧！

有人说，岁月极美，在于它必然地流逝。春花，秋月，夏日，冬雪，还有这满树的金黄，无不如此。我问景区工作人员，如此美到极致的景色，能持续多久。她说，顶多六七天，早了，尚不透彻，晚了，就黄叶纷飞了。不禁再次感叹！

离开定林寺，我和同行者在山间小路漫步，山路幽僻，秋日的斜阳静静地普照着优美山林，鸟儿自在地鸣啼着，你的精神不禁有些恍惚，分不清这鸟啼来自现实，还是来自远古。

也许是下午的缘故，小路上行人极少，只有几对结伴而行的男女。他们要么携手同行，要么并肩漫步。我们的行走速度比他们快得多，于是我们超过了一对又一对。每当渐渐走近并超过一对，我们就判断一下他们是不是夫妻。

可是，无论从什么角度看，似乎都不像，不禁有些感慨。转而一想，或许，他们本来就是真正的伴侣，只有他们暂时超脱了世俗，才产生了让人误解的感觉。

我猛然觉得自己非常之俗。

岁月极美，生命短暂。理想丰满，现实骨感。在这个世界上，谁不希望拥有一份真正属于自己的情感，谁不希望拥有真正属于自己的时间与空间。那么，在这满树金黄里，忘却世俗的繁杂，与自己喜欢的人毫无牵绊地携手同行，哪怕只有一次，对他们来说，也许已经足够，何必考虑他们是不是一生的伴。

一年一度，黄叶满树。古树在天地间伫立四千年，也许只为等你。在时光里，每个人都是穿行的箭，既然你与她有了交点，何不趁美景尚在，与她携手同行，把时光里暂时的美好放大成心灵深处永恒的灿烂。


## 禅意浮来山

2012 年的最后一天，去浮来山看雪。

2012 年的冬天，雪格外多。一周前的一场大雪尚未化尽，又一场铺天盖地的大雪就迫不及待地来了。有些冬天，一冬都难得见到一场像样的雪。今年的雪这么多、这么大，实在让人感到有些意外。

雪后的浮来山，沉静、安详。那天下午，我独自顺着有些滑的山路慢慢进入浮来山的怀抱。山上很安静，阳光很温暖。没有风，也几乎听不到鸟语，只有零星的积雪不时从松树茂密的枝叶上簌簌滑落。站在定林寺前面放眼望去，面前的竹林被大雪压得低低的，稍远处的山坡上一片白雪皑皑，北面的山坡上却是一片静穆的郁郁葱葱，西面山坡糅合了南面与北面山坡的特点，有沉静的白，也有静穆的绿。定林寺里有四千年树龄的银杏树此刻早已落尽了叶子，只有苍老遒劲的枝干孤独地刺向深远的天空。

因为多次来过浮来山，这次我没有仔细观赏山上的景色，而是静静地体会雪后浮来山向我传达出来的那份禅意。因为这冬，因为这雪，浮来山变得沉静，游人也变得稀少，偶有游人，也多是像我一样，若有所思般，要么在雪地上慢慢地走，要么静静地观赏这雪后的山景，就连平日热情地招呼顾客的小商贩们，此时此刻，也只是静静地坐着。面对此情此景，你喧嚣的内心会变得沉静、澄清。

我站在华人寻根馆面前，久久伫立，体会这冬日雪山的沉静，也回味 2012 这一年的风风雨雨。2012 年也许对任何人来说都是生命中非常特殊的一年，在这一年里，全世界不知有多少人被玛雅人的那个预言困惑着。然而当 21 日过去，新一天的太阳照常升起了。我记得 22 日那天，我迎着初升的太阳，去上班，那一刻，我感到生活是那样美好。

然而生活中除了美好，还有太多的不尽如人意。在此前的十多年里，我一直在为一个梦想而努力着，然而 2012 这一年，终归为我的梦想彻底地画上了句号。其实这一年，我失去的还有很多。当然，在这一年里，我也曾收获了很多惊喜。然而，生活的困境在于很多问题是无法弥补或替代的。于是你只能在无奈中微笑，在微笑中抚摸流血的伤口。很多时候，你会渴望一份纯净的生活，一份透彻的快乐，一种超然的解脱。然而，随着年龄的越来越大，世界越来越喧嚣，这越来越成为多么奢侈的梦想。

有人说，冬天来了，春天还会远吗？然而春天到来，并不代表冬天就不存在。季节总在周而复始，在这周而复始中有些伤痕永远没法愈合，有些伤痛你会记忆一生，有些失去的东西会永不再来。不过仔细想想，这也许就是生活吧！

因为从另一个角度来想，正是因为这冬日的存在，才显出春日的无限美好；正是因为痛苦的存在，才让生活中的美好显得弥足珍贵；也正是因为我们每一个人终将老去，才显得青春弥足珍贵。由此看来，这冬日的浮来山又何尝不是世间最美丽的风景呢！在 2012 年的最后一天，暂时放下手头的工作，来浮来山欣赏雪景，又何尝不是最正确的选择。因为你不仅观赏到了雪后的美景，更能从沉静的浮来山上体会到一种深沉的禅意。从这份禅意里，你能感悟出人生的真谛，进而知道今后应如何生活。

当我决定回家时，太阳已经偏西。我知道，2012 年的太阳即将落下。我也知道，2013 年的太阳即将升起。我叹息一声，泪水悄然滑落。我在想，当我再次走进浮来山时，是否已经春暖花开……

# 悠悠中国年

## 发纸马

老厉推开家中那扇沉重的老式木门时，锅里的糨糊正悠悠吐着气泡，母亲用一把旧铁勺慢慢搅动着糨糊，面粉的清香在院子里恣意弥漫。

"终于回来了！"母亲起身相迎，脸上密布的皱纹间流淌出来的笑意，仿佛煦暖的春风。

接近正午的阳光很温暖，老厉慢慢扯着门上的旧春联。一年的时光让这些春联失去了原来的风采。那些撕下来的碎春联枯叶般在风里悠荡，一如那尚未感受真切就倏然飘逝的时光。

以前除旧的工作多是父亲做，自从父亲三年前挺过一场重病后，这活就变成了老厉的。往年，老厉都是先用手撕一遍，再用铲子铲一遍，这样门上既干净又平整。今年老厉有些应付，旧春联尚未撕净就开始糊糨糊。"先把门弄干净，再贴新春联。"母亲急忙纠正。"糨糊好，门干不干净一样。"老厉笑了笑说。母亲也笑了笑，继续细细择香菜。

择香菜是为包年夜饭的水饺做准备的。按习俗，老厉家这地方大年夜包水饺一般要包三种，一种是放豆腐的，另一种是放红糖的，还有一种是放硬币的。这些年，为了照顾老人和孩子的感受，老厉家包的水饺种类更多，父母吃素的，老厉和妻子吃白菜肉的，孩子吃芸豆肉的，再加上另外两种，正好五种。种类多些，也不要紧。毕竟，包水饺的过程，是一种享受。老厉觉得这一年过得很不容易，很多日子都是度日如年，然而当一年过去，却又似白驹过隙，似乎都没来得及和父母好好说说话，一年就要过去了，正好利用这难得的时间和父母多聊一聊。

"什么时间'发纸马'呀？"不知不觉已近23点，老厉问母亲。"发纸马"是莒地大年夜的最重要的仪式，家家户户，焚香烧纸，燃放鞭炮，祈求上天护佑，风调雨顺，国泰民安。那一刻大家都虔诚无比，轻声慢语，唯恐触犯神灵。"不知道呀！往年都是问你大爷爷，今年他去世了。买本皇历也好！你爸稀里糊涂，叫他去买，赶了两集，也没买来。"母亲叹息着说。

"没事的，我们只等鞭炮声最集中的高峰发，肯定对。"老厉说。他不禁想起多年前，吉时一到，鞭炮声几乎同时响起，声音铺天盖地、震耳欲聋的情景。

这年的鞭炮声从23点多开始的，但稀稀落落，连不成片。既然高峰尚未到来，那就再等等。看电视、喝酒、聊天，不知不觉间，已经凌晨三点多，可鞭炮声依旧零零散散。

就现在吧！老厉看到父母和孩子都有些疲惫就提议道。于是，母亲准备供品，父亲收拾香、纸、芝麻秸、豆秸以及鞭炮等。

在院子中，父亲神情庄重地在供桌后放了三把椅子，抖抖擞擞地在供桌上摆好五道菜，颤颤巍巍地斟满三杯酒，恭恭敬敬地点燃三炷香，小心翼翼地点燃了供桌前的烟火。红红的火焰在天地间跳动着，灰白色的烟雾在院子里弥漫。父亲忙碌时，我们都恭恭敬敬地站着，待父亲准备好，开始磕头，我们都跟着磕头跪拜。

父亲找来一根木棒，斜放在院墙上，挂上鞭炮，点燃，一阵震天的鞭炮声响了起来。可巧鞭炮的落点与墙角的狗窝很近，从未见过这种阵势的小狗蹿出小窝，汪汪大叫，满院疯跑，撞倒了供桌前的一把椅子。女儿忍俊不禁，妻子急忙做手势制止。

吃了水饺，已经凌晨四点多。上床小睡，一觉醒来，已近八点。老厉急忙起床外出拜年。

"你家几点发纸马的呀？今年发纸马什么时辰最合适呀？总感觉鞭炮声稀稀落落的。"老厉对邻居家大哥说。

"喝够了酒，和亲戚视频拜过年，就发了，没管什么时辰！现在农村住户少了，像原来一样看老皇历固守传统的人也少了，其实也确实没必要像以前那样，鞭炮响起，就是吉时。你说是吧？"邻居大哥说。

"大哥这境界真是越来越高了，不但洞明世事，还出口成章！"老厉向大哥伸出了大拇指，但内心深处还是生出一种淡淡的眷恋，他还是挺怀念以前那种"发纸马"庄严而浩大的声势，等某个时刻到来，家家户户约好了一般鞭炮齐响，那声音铺天盖地震耳欲聋，仿佛大河奔涌山呼海啸……

## 山村年味

春节期间村里有请酒的习俗。平日里，大家都忙，过春节时在外打拼的回来了，在家干的也清闲了，大家都喜欢聚聚。

今天在我家，明天去他家，不管在谁家，坐上座的永远是长辈。兄弟爷们坐在一起，大家心里高兴，说话随便，喝酒开怀。

不知从什么时候起，人们请酒时会把虽不是本家，但与自家关系特亲的人请上。尤其是除夕之夜受邀请的，那是对被请者的最高礼遇。很多人家除夕之夜请了贵客，为避免单薄了人，正月初接着请，直到把该请的都请过，才算安心。

家家如此，村里的酒场就特别多，也特别热闹。于是，每年春节，孩子们放鞭炮时的尖叫声、女人们在街头展示新衣服时的欢笑声、男人们喝酒时的吵闹声弥漫成山村春节独特的年味。

山村不大，谁家请酒请了谁，大家都心知肚明。邻里邻居的多数都有交集，那些觉得自己应该被请却没受到邀请的，难免心里不舒服。碰上脾气倔的，借着酒劲甚至会骂骂咧咧。这样的事情发生得多了，请酒的事就变得有些复杂。谁家请酒，请谁不请谁，都是斟酌再三。不少人会同时接到多家的邀请，去谁家不去谁家，先去谁家后去谁家，也要考虑全面。

时代在变，村里最受大家欢迎的人也在变。20世纪七八十年代是在乡供销社工作的老孙。到了90年代，谁能把在县公安局工作的老李请到自家，那是相当有面子的事。最近这些年，大家都以能够请到善于说媒的张媒婆为荣。当然，全村最有钱的大志、喜欢喝酒的村主任也是多数人家的座上宾。

周山在县城上班，每年照例回老家过年。村里在县城工作的只有周山，一开始很多人家请酒都喜欢叫上他，后来，叫他的越来越少了。

这样也好，能够在家好好陪陪父母，本来他在家中的时间就不多。周山想。但看着村里的成功人士从一个酒场脚步踉跄地奔向另一个酒场时，他还是感到有些失落。

大兄弟，回家过年呀！腊月二十八这天，周山和家人骑着自行车回家过年，刚到村口就有一辆崭新的轿车在他的前方停了下来，那人打开车窗，很热情地说。

是大志。

是呀！是呀！你也回家过年呀！这些年大志在城里买了房子，平日多数时间在城里。

是呀，城里过节没意思，回家多热闹，多有年味呀！除夕夜去我家喝酒呀！大志说。

好呀！好呀！周山急忙说。

因为大志的邀请，周山激动了好久。大志真的会在除夕之夜请我喝酒？也许只是碰巧遇见了才客套一下而已，没想到除夕大志真的热情地邀请了他。

被村里最富有的人请到家里，和村里为数极少的有头有脸的人物坐在一起，这待遇是周山从未享受过的，这感觉也是周山以前从未体会过的。

说来也怪，自从大志请了他，村里竟然有十几家邀请他喝酒。周山本想过了初一就回城里的，因为请酒的太多只得将回城时间推迟了三天。

周山回城不久，村里就有人找他办事，先是孩子在城里上学的托他给联系调班事宜，接着又有人因为暂时经济紧张而向他借钱。再后来，就接到了大志的电话，大志说自己准备新成立一个公司，问他是否打算入股，还说自己需要贷100万的款，已经找好两个担保人了，问他能不能当第三个。

为人担保可不是小事，但周山还是稍加犹豫就答应了。

"大志为人，你又不是不知道，里里外外的欠下了多少钱，也不跟我商议一下，你怎么就随便答应了？"妻子因为这事甚至要跟他离婚。

转眼间，第二年的春节又要来了。"今年咱几时回家呀？"这天妻子问周山。

"从咱结婚，咱还没在城里过次春节呢！要不把咱父母接来，今年咱在城里过？"周山商议妻子。

"你要是想回去我们就陪你，你不是一直说乡下过年有味吗？"妻子这话本来说得挺真诚，可是周山却觉得另有深意。


## 永远的春联

关于春联，我有许多记忆深藏内心，有许多感慨永难忘怀。

从我记事，进入腊月，我家就开始考虑写春联的事。写春联首先得揭春联纸，那时候，写春联用的红纸都是一整张的大纸。各家揭回家后，根据需要进行裁割。揭纸容易，因为村里的小卖部有，集市上也有。与买纸相比，写春联就麻烦了。父母不识字，更不会写春联，附近邻居也没有会的，我家写春联一般到十多里路外的姑姑家，找我姑父给写。我们小的时候，都是父母去我姑姑家。年关将近，父母往往都比较忙，待我们长大一些，让姑父写春联的任务就落在了我和姐姐身上。那时候，家中没有自行车，也没有别的交通工具，我们只能步行。十多里地对于十多岁的孩子来说，是一段不算近的路程。我们往往早早地吃了饭，拿上父亲早已揭来的纸，喜滋滋地上路。因为去姑姑家，不仅能写春联，还可以与表哥们玩上半天，中午还能在姑姑家吃上一顿不错的饭。总之，这对我和姐姐来说，算是一份比较好的差事。

在我的记忆里，这样的年份有三五年，或者更长。此后几年，我们开始央求邻居家的大哥哥帮忙写春联。毕竟，姑父年纪大了，写春联有些力不从心，而邻居家的大哥哥已经高中毕业了，毛笔字虽然写得不怎么好，写的春联也能贴得出去。

大哥哥写春联，一般在年除夕的前一天。那时，家家户户女人们都在忙着办年，我们总是找一家宽敞还比较暖和的人家写春联。大哥哥要为许多家写春联，刚刚写完的春联需要晾干，没有一个宽敞的地方根本不行。那时，大哥哥负责写，我们几个小朋友搞服务，割纸、温墨、抚纸、摆春联……有时整整一个白天都写不完，只得晚上继续加班。每当所有的春联都写完了，好几间屋里的家具上、地上都摆满了红彤彤的春联，我们就感觉新年的脚步越来越近了。

不久，我开始上初中，大哥哥写累了的时候，我经常试着写几个字，但是总不如意。后来，大哥哥成家立业并当上了小老板，节前往往是最忙碌的，我便不好意思再央求大哥哥，只得自己硬着头皮写春联。

我的硬笔字写得不咋地，毛笔字更写得一般般，不过，写不好也得写呀，毕竟，年年求人总不是办法。记得我开始写对联时，村里家家户户多数都开始自己写对联了。家里老年人会写的，自然能写。老年人不会写的，自然由孩子们来写。记得那时，每年正月初一到各家各户除了拜年，还要看看人家的对联写得咋样。无论写得好不好，总要评头论足一番。记得那时的对联，书写水平虽然不同，内容却是大同小异。当然也有例外。有户我该喊叔叔的人家，叔叔虽然只有小学学历，每年的对联的内容却总是与众不同，并且每年都有新变化。每到正月初一，大家都要去他家门口欣赏他家对联又有什么新花样。后来证实，那些对联都是他自己编出来的。现在想来，真不简单。

　　其实，多年以来，春节前的年集上，都有卖春联的。那时，集市上的春联有两种，一种是手写的，另一种是印刷的。敢于卖手写体春联的，自然是那些书法水平较高的人。印刷得也很精美。无论哪一种，都不便宜。所以从集市上购买春联成品，是少数有钱人家的事情。转眼间，十几年过去了，人们的生活水平越来越高，春联的价格却越来越便宜，买几副春联对任何人家都是小菜一碟，渐渐地，大家都不愿意再去写春联，多数人家都开始购买又便宜又好看的春联。最近几年，每年春节，我都要回老家过年，各家各户都贴着现成的春联，偶有几户是自己写的，往往是非常漂亮的字体，因为写字的人多数是对春联和书法情有独钟的人。

　　每年春节贴春联，然而却有例外情况。我们这地方的风俗，凡是家中有亲人故去，三年之内家中不贴春联。即便贴，也只能贴那种特制的素春联，一点也不喜庆。毕竟家中有亲人亡故，心情也不好，多数人家不愿倒腾，干脆让经过一年或者数年风吹日晒的春联一直素淡着。算起来，我家已经有三年没有贴春联了，三年前的那个冬天，我的父亲过世了。而为我家写了多年春联的姑父和姑姑也在十多年前相继去世了。回想起来，往事历历，如在昨天，他们的音容笑貌都如在眼前，内心无限感慨。

父亲去世前几年，家中忙碌，心中浮躁，我根本没有心情写春联。每到春节临近，都是到集市上买了随便贴贴了事。算起来，我已经有七八年没写春联了。从明天开始，我要开始练字，一定要亲手把新一年的春联写得漂漂亮亮。毕竟，明年我家又可以贴春联了！毕竟，所有的不快终将过去，就像温暖的春天总会来临。


## 柳暗花明

今年的春联该怎么写，村里人的意见很不一致。

"我们不能火上浇油了，今年的春联还是各自想办法吧！"孙爷爷说。"跃明是个要脸面的孩子，要是他打算继续给我们写，我们都不找他了，怕他更难过。"赵爷爷说。"我们可以问问他，免得到年底大家都忙，不好处理。"赵二叔说。"跃明的操心事够多了，论说我们不该再为这事给他添麻烦。"王大爷说。

这日，几位在墙根下晒太阳的老人悄悄议论着。各种说法似乎都有理，大家议论半天也没形成统一意见。那就再等等看吧！毕竟离过年还有二十多天呢。

崮前村有四十几户人家，会写春联的只有赵跃明。往年刚进入腊月，就有人陆续请他给自家写春联。赵跃明是个热心人，不管谁家请，都不推辞。这年情况特殊，赵跃明的妻子庄园年初流产后着了凉，全身疼痛浮肿，近乎一年卧病在床，经多方医治，总不见效。据知情人透露，庄园这情况，恐怕再高明的医生也回天无力，更不可能再次怀孕了。这对尚未有子女的他们来说打击是严重的。即便不考虑将来的事，年纪轻轻的，整天花钱如流水，还要人伺候，也令人头疼。赵跃明的父母去世早，家中又没别的兄弟姐妹。赵跃明照顾妻子，还得维持日常生活，虽说邻居不时帮忙，日子还是过得异常艰难。

一转眼就到了年底，庄园的身体依旧不见好转。腊月二十六这天是个阳光煦暖的日子，跃明早早地忙完了家里的事，在街头一个向阳的拐角准备好了笔墨纸砚，吆喝邻居们来写春联。

大家等这一天很久了。不大一会儿，街头就聚满了人，大家有的扛出桌子，有的拿来板凳，有的搬出炭炉……一排四五张桌子在街头摆开，大家有的裁纸，有的温墨，有的晾晒……十几个人一起动手，赵跃明只管挥毫泼墨，写春联的效率明显提升。赵跃明多种字体皆熟，尤善行书，今年赵跃明运笔如行云流水一般，越发顺畅。家人遭此不幸，尚能如此，大家都暗暗敬佩赵跃明的胸襟和肚量。

大年初一人们开始拜年。前来拜年的人，多数表情诡异。赵跃明理解，拜年本该说些身体健康、万事如意之类的吉利话，可是自己这样，人家是说也别扭，不说也别扭。待到拜年的散去，赵跃明给妻子喂好药，坐在院子里小憩。当他把目光扫到门口的春联上时，顿时惊出一身冷汗，堂屋正门的横批竟然是：六畜兴旺。这本该贴在猪圈上呀！

他终于真正明白人们为何表情诡异了。其实，对联贴错地方的事情常有，但多数出在不识字或者不太识字的人身上，自己闹出这样的笑话，真是不可思议呀！

他努力回忆对联是怎么贴上去的，竟然啥也回想不起来，不禁悄悄叹息一声。这可如何是好，对联早已牢牢地贴在门楣上，要是硬往下撕，撕坏了岂不更难看。再说，哪有大年初一就撕对联的？那就让它贴在那里吧！

天气越来越暖，耀眼的春联在春风春雨里渐渐黯淡，庄园的身体却奇迹般地渐渐好了起来。

到了夏天，庄园已完全康复并且在第二年春天生下一个大胖小子。孩子属牛，庄园给孩子取名为"兴旺"。后来，兴旺成为村里第一个大学生。兴旺大学毕业后，放弃了去大城市发展的机会，执意回村养牛。七八年间不但自己发达了，还当上了村主任，带领全村人用先进的方式养牛致富，崮前村很快成为远近闻名的小康村。而赵跃明书写水平也不断提升，年近六旬时，接连在几次书法比赛中获大奖，成为远近闻名的书法家，成名后的赵跃明随便写几个字就能卖几百元，但是却坚持每年为全村人免费写春联，直至去世。

后来，这个故事从崮前村流传开去，知者甚多。我觉得，大家喜欢这个故事是因为它喜庆，也因为它告诉人们，生活难免会有山重水复的困顿时刻，但只要挺住，总会迎来柳暗花明的美好生活。

**品味中国年**

"年"是中华民族的共同节日，凝聚着中华民族的集体情结。从北疆大漠到南海碧波，从西域边陲到东部海滨，关于"过年"各有不同的风俗和独特的习惯，然而，几乎无论何地，关于"过年"都有许多相同的元素、类似的追求。这些元素与追求彰显着中华民族的共同文化底蕴和相似情感诉求。经过几千年的传承与丰富，"过年"已经成为中华民族的重要文化符号，而关于"年味"的记忆，像一颗璀璨的珍珠在每个人的记忆深处熠熠闪光。

年味里有庄严的仪式感，它召唤着中华民族融入集体。"年"是一个盛大的节日，就像重要人物出场一样，总有很多前呼后拥。民间有"过了腊八就是年"的民谣："小孩小孩你别馋，过了腊八就是年，腊八粥喝几天，哩哩啦啦二十三，二十三糖瓜粘，二十四扫房子，二十五冻豆腐，二十六去买肉，二十七宰公鸡，二十八把面发，二十九蒸馒头，三十晚上熬一宿。初一初二满街走。"如果从腊八算起，一直到来年正月十五的元宵节，前前后后一个多月的时间，中华民族集体沉浸在"过年"的气氛之中。这阵仗，足够大，再也没有别的节日能与它匹敌。这一个多月，几乎每天都有相对固定的项目，每个项目都有相对固定的时间和程式。多数项目和程式，都充满着仪式感。正是这种仪式感，统一着中华民族的生活和习惯。如此巨大的群体，如此统一的行动，彰显了中华民族的巨大合力和强大凝聚力。年关将近，无论离家远近，都要放下手头的工作，奔赴自己的家乡，同自己的亲人团聚，完成全国人民都要参加的庄严仪式，于是就形成了举世无双的浩大春运。新年的爆竹声更是春节这场浩大节日的最高潮。记得过去农村每到新年吉时，鞭炮声铺天盖地同时响起，气壮山河，排山倒海，声势浩大，无与伦比。这样的风俗与习惯，统一了中华民族的行为规范，进而召唤着每一个人融入集体并在集体中实现自身价值。

年味里有醇厚的怀念感，它提醒着中华民族不忘过去。在中国传统文化中，人、鬼、神是有各自独立的生存空间的，这种生存空间一般不能被打破，唯独在春节这天例外。在这一天，天上的神仙要从天而降来到人间。"上天言好事，回宅降吉祥。"每家每户贴在灶王爷两边的这副对联，似乎把各家各户与上天连在了一起。其实，和人类连在一起的不仅有天上的神仙，还有逝去的亲人。在这一夜，全国多地都有"请家堂"的习俗。我们这地方的"家堂"分为两种：一种是整个家族的，这样的家堂供奉着整个家族逝去三年以上的老人；另一种是单户人家的，这样的家堂供奉着家中逝去三年以内的亲人。至于神仙和逝去的亲人是否能真的来到人间与人们一起过年，我们不去深究，但是这样的习俗，体现着中华民族不忘过去的文化情愫却是一定的。就像再忙再累，过年一家人都要团聚一样。团聚的不仅有现世之人，还有过世之人，更有天上的神仙。于是，神仙与人类的距离、今人与古人的阻隔，似乎一下都打通了。先人逝去，却每年都会回来。今人在世，却总会成为过去。天人永隔，是世间最大的痛苦。在春节，借助着袅袅的香烟和悠悠的祥云，逝去的亲人与远离我们的神仙都回来了，所有距离和阻隔终于被消除，这是一种多么美好的期待，这是一个多么庄严的时刻。

年味里有美好的憧憬感，它激励着中华民族心向未来。我国自古以来就有新年祈福的习俗，祈福的方式可谓多种多样，在各地"过年"的繁盛仪式中，与祈福有关的内容更是说不完，有举行隆重的祈福大典的，有到山上登高的，有到寺庙烧香的……可谓林林总总。可见，新年祈福的影响之大。在莒县，新年第一天，到浮来山祈福成为春节期间重要的民俗活动之一。在大年初一，附近村民到山上撞钟祈福、登高祈福的成千上万、络绎不绝。在我的老家，每年的除夕，老人们有通过查看天气预测新一年年景的习俗。如果这一夜天气晴朗、微风习习，老人们就会预测新的一年定会风调雨顺、国泰民安。反之，则会担忧新一年里将有很多未知因素，于是每年到来之前，人们总是虔诚地祈祷、默默地期待大年夜天气晴好。这样的做法和习俗不一定准确，却表现了中华民族对未来的美好期待。即将过去的一年也可能有许多不如意，但是，随着新年的到来，随着全新的开始，一切不如意都将过去。一切美好，都会随着新年的太阳灿烂升起。这样的美好憧憬激励着中华民族不管眼前是山重水复还是一马平川，都能勇敢地面对新一年的生活。

"年"像一坛窖藏千年的佳酿，味道醇厚，悠远绵长，永远品咂不尽。值此牛年来临之际，让我们共同品味新年，回顾过去，展望未来，期待更加美好的明天……

第二辑

# 人间至爱

## 减速的鸡蛋

"能请假的话，你就回来一趟吧！你妈骑三轮车跌伤了，正在镇医院治疗。"接到父亲电话，我心中一紧，立即安排好手头的工作，请了假往镇医院赶。

母亲到底骑车干什么了，怎么这么不小心？我边往回赶边想。母亲以前不会骑车，前些日子刚学会骑三轮车，但很少骑。

赶到医院，看过躺在病床上的母亲，我急忙向医生询问情况，知道跌得并不严重，才松了一口气。原来母亲骑三轮车到十多里外的镇上去买小鸡，回来时，因躲避一辆汽车而翻到了沟里。

"叫你别养鸡了，你就是不听，为了买小鸡跌成这样，多不值得！"我有些生气地批评母亲。

母亲有养鸡的习惯，以前每年春天都有到村里卖小鸡的，这些年没有了，只能到镇上买。母亲平时基本不赶集，但她怕父亲挑的小鸡不好，才自己骑车去的。

母亲习惯把鸡放养着，家里盖新房后，院子很小，再养上一些鸡，不大的院子里往往鸡屎遍地，一不小心就会踩一脚，很不干净。因为这，孩子甚至不愿意跟我回家。我不想让母亲养鸡的另一个原因是去年发生了禽流感，觉得在家养鸡不安全，我曾多次建议母亲不要养鸡了，可母亲就是不听。

母亲胳膊虽轻微骨折，但也住了十多天的院。

"那些小鸡呢？"出院刚到家母亲就着急地问。"被我送人了！"我有些生气地说。"送人干什么？我好不容易买来的。"母亲顿时不高兴起来。"因为那些小鸡你受了这么大的罪，怎么还想养？"我觉得母亲简直不可理喻。

两周之后的周末，我回家看望母亲，一到家，就看见院子里有一群小鸡跑来跑去。

"又买小鸡了，这次怎么买的？"我问。

"还能怎么买？你妈对我不放心，还是自己骑车去集上买的呗！"父亲说。

我虽然很生气，但也没再说什么。吃过饭，我推上摩托车准备回去，母亲急忙从屋里拿出一个小包说："这些日子没喂好鸡，攒的鸡蛋不多，你拿着吧！"

"我不拿！"我有些生气地推着摩托车往外走。

我把车推到街上，正在打火，父亲又急急地追了出来。

"别跟你妈生气了！带上这些鸡蛋吧。也许你不知道，你妈坚持鸡养是为了攒鸡蛋。你妈知道你做事毛糙，骑车快，担心路上不安全，所以你每次回家她都尽量让你带上些鸡蛋，为的是让你骑车慢一些、稳一点呀！"

听完父亲的话，我顿时目瞪口呆。


## 抽烟的母亲

女儿今年 12 岁了，自从开始上小学，就不愿意学习，本来想岁数大一点，情况会好一些，没想到随着岁数的增长，不但没有改变的迹象，而且颇有越来越不听话的趋向，我和妻子虽然采取了一些措施，但收效甚微。我来自农村，要不是考上了大学，很难离开那个偏远落后的小山村，我经常对她说，好好学习才能改变命运，她根本不听。我想，也许是因为她没在山村生活过的缘故吧，我决定趁她放暑假把她送到老家去，让她体会一下乡下生活。

我的父母都已接近 70 岁了，我本来想把他们接到城里来住，可父母不答应。他们不愿来城里的原因很多，一来怕不适应城里的环境，二来他们知道我的生活也不宽裕，不想增加我的负担。还有，他们舍不得家中的一切，土地、房屋以及杂七杂八的东西。父母只有我这么一个儿子，如果来城里，土地就没法种了，家里的所有东西也几乎都得丢掉或送人，他们根本不舍得。

当我通过电话告诉母亲我的打算时，母亲激动得几乎说不出话来，"你真舍得让妞妞在乡下住 50 天！我得让你父亲好好拾掇一下西屋"。

"不用拾掇，我就是想让她体验一下乡下生活，还有，你要让她好好学习，别到处乱跑。"我嘱咐母亲。

我说一句，母亲就答应一句。其实，把妞妞放在我母亲身边，我还是放心的。在教育孩子的问题上，母亲很有一套的，我和姐姐妹妹全考上了大学，就是最好的证明。

放假三天后，我和妻子就把女儿送到了老家。我已经半年多没见到父母了，一见之下，发现他们又添了不少皱纹。父母希望我们能在家中住几天，我和妻子都很忙，根本没有时间，吃过午饭后，就匆匆离开了。

十多天后，我给母亲打电话，母亲说妞妞很听话，学习也很认真。妞妞也说乡下生活很好，我真不知道是真心话，还是反话。

一个月后，我再次打电话询问，母亲说妞妞的作业都快完成了，我在放心的同时，又有些纳闷，母亲用什么方法让妞妞变得愿意学习了？

转眼间，假期就要结束了，我回家接妞妞。当我检查妞妞的作业时，发现除了《快乐暑假》等几本印刷的作业做了，需要写的作文、日记之类的，几乎一点都没做，我一下火了，扬起巴掌就想揍她。

妞妞急忙跑到我母亲身后寻求保护，我一下把她拉出来，刚想动手，母亲猛地把我推出好远，我大惊，瘦弱的母亲竟有这么多劲。

"是我不让妞妞做作业的，你要生气，就朝我发吧！"母亲站直身子，气吼吼地挺在我面前。我知道母亲是偏袒妞妞，我决定回家后再好好教训她。

"你奶奶肯定不可能不让你做作业，你不主动学习也就罢了，怎么连基本的作业都不做？"回家后，我质问女儿。

"真的是奶奶不让我做作业的。"女儿涨红了小脸说。

"胡说，你奶奶才不会这样呢！因为怕影响我们学习，她甚至在我们十七八岁了，都不舍得让我们干农活。"我说。

"可是你想过没有，现在我奶奶后悔了，我在奶奶家发现，每当奶奶孤独了，尤其是看到别人儿孙绕膝、尽享天伦之乐时，就会不由自主地絮絮叨叨：'要是我的孩子们也没考上大学那该多好，那样，他们也能经常在我身边了。'听说你逼我学习，奶奶说：'我当初错了，现在不能继续错下去，不喜欢学就别为难自己。'后来，奶奶一有时间就陪我玩。"

听女儿这么一说，我百感交集。是呀，我们考上大学并离开山村，带给了父母暂时的虚空荣耀，却给他们留下了漫长的真实孤独。近几年，父母年龄渐老，身体已大不如前，干农活已非常吃力，可我们又帮不上一点忙。如今，周围的住户多已盖起高大明亮的瓦房或楼房，我家的老屋却依旧孤独地蜷缩着、破旧着，如果不进行翻盖迟早会坍塌并荒芜。这一切，怎能不让父母心生荒凉！

过了好久，我才说："无论如何，不认真学习是不对的，你知道，现在社会竞争激烈，学习不好，没有出路。"

"我怎么不知道？我说没有完成作业，只是为了不再刺激奶奶，其实作业我都写好了。"说着女儿拿出她写在别的本子上的作业让我看，我翻了翻，发现她做得比原来认真多了。不用说，女儿已经长大。在她叛逆的外表下，有一颗孝顺而又善良的心。那一刻，我忍不住热泪盈眶。

女儿还有几天才开学，这天，我和妻子、女儿又回了一趟老家。当我推开家中有些腐朽的沉重木门，看见母亲正坐在一个马扎上抽着烟卷，院子里没有风，一缕缕烟雾便在母亲身边缭绕着。母亲抽烟的姿势很优雅，也很沧桑。

母亲什么时候学会抽烟了？我很惊诧。

"你们怎么回来了？"母亲扔掉烟卷，又惊又喜地扑向我们……


## 遍屋尘埃

父亲去世，母亲如何生活成为难题。我住县城，姐姐、妹妹都已出嫁，离老家都有几十里的距离。母亲年近80，独住乡下，实在不妥。办完父亲后事，我费了好大力气，才说服母亲到城里生活。想法是我提出来的。其实，母亲是不愿意的。母亲担心在城里住不惯，也舍不得家里的一切。家是父母辛辛苦苦经营起来的，承载着我们的厚重情感。突然离开，别说母亲，就是我，也有太多不舍。

离家前，有许多事情需要处理。首先是粮食。父亲去世前，一直坚持种地，收入的粮食吃不完，就囤在家中。如果离家，放在家里不安全，也没必要，自然得卖掉。

相比于粮食，更难处理的是家禽和家畜。母亲舍不得卖掉鸡鸭，就送给了我姐姐家。猫和狗更不好办，我们都没法养它们。猫稍好处理些，母亲知道猫的特点，独立生活能力强，也可能会走掉，另择主人，只需离家时放些食物让它适应段时间就可。事后，我们回过几次家，每次开门，心情都很复杂，说不清是希望它已经离开还是仍在坚守。前几次回家，说来也怪，只要一开门，就会发现它在家中的影壁墙上走来走去，它是每天都在这里等着我们归来吗？直到一个多月后，我们回家才没见到小猫，我们着急地寻找，希望在哪个角落突然发现了它，也害怕它已经静静地躺在某个地方……都没有。母亲四处打听，听说小猫去了邻居家并被收养，才算放心。

狗是最不好处理的。本来可以卖给收狗的，但母亲绝不允许。母亲说小黑那么好，怎能卖掉让人吃肉？我们考虑再三，也没想出办法。

邻居知道了我们的难处，表示可以收养。把小黑弄到邻居家，很是费了一番功夫。小黑龇牙咧嘴，汪汪大叫，不让人靠近。母亲亲自给它套上绳索，牵到邻居家才好。

送走小黑，院子已空空荡荡，全没了家的温馨。刚回到家，母亲就放声痛哭起来。我想安慰一下母亲，可是，能说什么？那时，天已相当冷了。阵阵北风吹着片片枯叶在空荡荡的院子里打转，让我更加深刻地体味到了生命的凄凉与无所依归。

此后，我和母亲只要有时间就回家，从城里买上东西，回家吃顿饭，给小猫添添食物，在家中坐坐，或去父亲坟前看看。只要回家，母亲总是不停地收拾卫生，打扫院子和屋子，擦掉家具上的灰尘。我们劝她休息，她说受不了满屋灰尘的样子。

每次回家，我们都要从邻居家经过，小黑拴在院子里，我们从外面走过，它总是狂吠不止，母亲虽然非常想看看它，但是为了让它安心生活，从未去招惹它，只是静静地听一会儿它那热切而迷茫的叫声。

有一次，我们刚回家，小黑就带着半截铁链飞快地跑了回来，围着我和母亲欢快地又蹦又跳，不停地往我们身上扑，最后趴在母亲脚下一动不动。直到邻居家前来寻找，才很不情愿地被拉走。

一周后，我们再次回家，小黑正巧趴在邻居家门口，这次它只是简单地抬头看了看，就低下头，一动不动了。

"黑子真通人性，以前它以为我们把它暂时放在邻居家才每次都叫着提醒我们，现在明白我们不要它了，也就老实了！"母亲说这话时，表情落寞。然而母亲猜错了，我们再次回家时邻居已经把它卖掉了。

"也不知为什么，前些日子一直趴着，不吃东西，接着又疯了般，不停地狂叫、咬鸡，第一天咬伤了两只，被我打了一顿，第二天照样，我又把它打了一顿并拴了起来，没想到它更过分，鸡一靠近就咬，两天咬死两只，我气得把它卖掉了。实在太瘦，也没卖几个钱。"邻居家嫂子跟母亲说。

"它是活腻了！"母亲很气愤。事后，母亲回家大哭一场。此后，老家的牵挂少了，我们回家次数也少了。

几个月来，母亲情绪平稳，我以为母亲已渐渐从我父亲过世的悲伤中走了出来，也适应了和我们住在一起的生活。这日，母亲突然提出回家去住。我们都觉得不可思议，可是无论怎么劝，母亲都毫不动摇。那天，我需要上班，就说隔日送她回去，母亲坚持立即就走，无须送。我只好送她到楼下给她打上出租车。载着母亲的出租车迅速消失在城市的车流人海。

那日，天是阴的，有细小的雪花飘落，我立在冬日冷风里感觉生命似雪，随风漫飘。离最近一次回家已近两个月，我真不知道母亲将怎样面对漫天飞雪遍屋尘埃的家……

# 入 侵

木门变形，门关锈蚀，再加上久未开关，门关与门鼻结合异常紧密。我扳开铁锁，费了好大力气还是没能把门关移动半寸。就在茫然无措之际，门枕石上的一块方形石头令我眼前一亮。于是拿起石头，朝着门关头部一顿敲打，门关终于极不情愿地一点点离开自己坚守的阵地。

敞开的院门仿佛打开的泄洪闸，满院阳光带着浓浓暖意和淡淡霉变气息迎面扑来。水泥地面泛着空洞却耀眼的白光。影壁墙砖缝中几株经冬的小草倔强地顶出了瘦小的嫩芽。房子是我的。更准确地说，是父母多年前为我盖了用以结婚的。由于一直在城里工作、生活，这房子我并没有像样住过。家中老屋日渐破败后，父母就搬了进来。几年前，父亲过世，我就劝母亲搬到城里自己一处闲置的楼房里居住。前几年母亲一直不同意，母亲不愿到城里生活，有故土难离的成分，也有对城里生活方式排斥的原因。母亲对城里的很多东西都看不惯，包括我家的生活习惯。

母亲年龄增长，体质日差，入秋不久，就觉严寒难忍，家中老房取暖毕竟不行，母亲别无他法，才勉强同意暂时到城里居住，并一再强调等到天气转暖立即回到乡下。这段时间，母亲生怕我违背承诺，每隔一段时间总要重申几遍。前几天甚至因为天已转暖我却迟迟没有送自己回家而大吵大闹。

门口与影壁墙有五六步的距离，我却走得缓慢而沉重，童年生活的一幕幕欢快场景在脑海中快速浮现又迅速隐去，几十年往事仿佛就在眼前，又似从未真实存在过的梦幻。

扑棱棱，一阵鸟儿慌乱地扇动翅膀的声音搅断了我的思绪。是两只受惊的鸽子。它们在院子里盘旋半圈，然后落到屋顶，回头张望。难道它们是来觅食的？我边思考边往前走，忽然发现正屋房檐下的窗台上多出一堆树枝和干草，走近细看，是一个鸽子窝。见有异常，窝内四只毛茸茸的幼鸽伸长脖子晃动着小脑袋，非常呆萌地看着我。屋顶的两只大鸽子焦急地大声叫唤着。

我习惯性地掏出手机，录起视频。先是幼鸽的近镜头，再是大鸽子的远镜头。两只大鸽子明显感觉到了我的侵犯，商量好了一般，从屋顶同时起飞，朝我俯冲下来。我急忙把手机放回兜里，随手抄起斜立在墙边的一根小木棒朝鸽子挥去。鸽子俯冲了两三次，终归还是没冲下来，它们再次回落到房顶，一边焦急地叫唤，一边走来飞去……我放下木棒，一时不知如何是好。

很显然，不知从什么时候起，这对鸽子已经把这里当成自己的生活空间和势力范围了。它们守护着这片空间生活繁衍。我的突然到来，严重侵扰了它们的正常生活。我这次回家，为祭拜先人，给逝去的先人添土，也打算提前收拾一下房子，以便择机让母亲回来。这样子，我显然是不便久待了。

添土需要一把铁锨，父亲在世时置办的铁锨多已无法使用，我从工具间找了好一会儿才找到一把勉强能用的。走向墓地时，我为自己侵扰了鸽子的正常生活而颇为内疚。可转念一想，这明明是自己的房子，回趟家有什么错？再正常不过的回家，竟然演变成了不受欢迎的入侵行为，我为自己的尴尬处境觉得好笑，也为生活的近乎荒诞感到无奈。

添过土回家时，我推门特别慢，进入院子也脚步轻轻小心翼翼，但鸽子仿佛受惊更重，它们起飞后在院子上方盘旋半圈就径直飞走了……锁门我同样费了好大力气，不借助石块，门关依旧难以进入门鼻，我至此才突然明白门枕石上这块看似多余的石头的价值。

回家路上，我一直在想。惊飞的鸽子还会回来吗？倘若不回来了，那四只刚刚孵化出的幼鸽怎么办？没准自己一不小心就成了谋杀幼鸽的凶手。即便它们还回来，母亲也打算很快就要回家了。这该怎么办才好？几天后，我决定把家中情况告诉母亲。母亲看完视频过了好久才幽幽地叹息道："人老了，真是不中用，几只不起眼的小鸽子就能让我左右为难！"

我禁不住悄悄叹了一口气，想安慰下母亲，却好久都找不到合适的话。

# 父爱深沉

## 多亏还有爱

在县城工作的老厉，老家在农村。他的父母已经近 80 岁了，依旧在老家种田。每到农忙季节，只要时间调得开，老厉一般会回家干点农活。

坐惯了办公室的身子，怎干得了沉重的农活？前几年，父亲身体还好，凡是重活，父亲都自己干。近几年，父亲身体越来越差，他总是尽力多干些重活。

那次回家，他的腰受伤了，挺严重，一弯腰就疼得厉害。他害怕父母知道担心，就没告诉他们。后来，老厉的妻子回家，无意间和他的父母说了这事。

前些日子回家麦收，老厉干一会儿活，就直一下腰。"你的腰疼还非常厉害吗？"在一旁的母亲问。"不厉害！越来越轻了！"老厉急忙回答。"你这孩子，怎么不说实话！腰疼怎么不治疗！"母亲有些生气。"越来越轻，不用治疗的！"老厉回答道。怕母亲一直问下去，老厉急忙转换话题。

隔些日子回家，母亲忽然拿出一包中药，要老厉带着，还仔细讲了具体吃法。"这药哪里弄的？"老厉不解地问道。老厉之所以这样问，是因为最近的中药铺也有 10 里路，而父母行动不便，10 里路对他们来说已经是很远的距离了。当他知道是父亲骑着自行车去拿的，心里五味杂陈，他想批评母亲不该叫父亲去，又觉得这样说未免不近人情。

这晚老厉忽然做了一个梦，梦见母亲面无表情地站在自己面前，脸上有几块大大的瘀青。从梦中醒来，老厉有些吃惊，无缘无故地，怎么突然做这样的梦。第二天，老厉急匆匆地回到家中，母亲的脸上竟然真有好几块瘀青。原来是十多天前，母亲到商店买东西时，不小心摔倒了，肋骨和腿上好几处都出了青，脸上还磕破了皮。

"可曾吃过药？"老厉急忙问。母亲说没有，老厉问为什么不吃药，母亲解释说："磕倒的时候快天黑了，他耳朵聋，视力也不好，晚上出去更不安全，害怕他再磕着碰着的。""知道不安全还让我父亲走那么远去给我拿药呀！"老厉这句话到了唇边，却又咽了下去。

老厉想，如果母亲不是一再制止，父亲一定会为她去拿药的。因为母亲身体不好，早些年，要是母亲和我们身体不舒服，父亲都是立即起床给我们拿药，所以半夜三更起床去拿药是常有的事。

可是父亲自己身体不舒服的时候，他却基本是坚持着，要不是母亲逼他拿药吃，他基本是不会吃药的。这里面有父亲要强的成分，也有为了节约的原因。

也就是在那一刻，老厉突然对"爱"有了更深切的体会。那就是——关心对方胜过关心自己。也许每个人、每种生命爱的方式和方法各有不同，但是当关心对方胜过关心自己的时候，那就是最伟大、最真挚的爱。

亲情如是，友情如是，爱情也如是。

我们有多少时候沐浴在这样的爱的光辉中呀！

世情浇薄，生活坎坷，生命沉重。多亏还有爱！它让我们拥有了昂起头颜面对命运坎坷的更多勇气，有了挺直腰杆应对生活重压的更大力量。


## 金黄的柿子

老爸，你猜今天我去哪里了？算了，不让你费脑筋了，你是猜不到的。告诉你，我去东海岸边了，那里景色可美了，连绵不断的金色沙滩闪烁着耀眼的光辉，一望无际的蔚蓝色大海上漂浮着点点风帆。海边公园里，有一片高大的柿树，每一棵都像咱家院子里这棵一样粗大，树叶落光了，树上挂满了金黄的柿子……

老爸，你不信是吧？你是不是认为这么短的时间，我去不了海边呀！我是坐高铁去的。我不是和你说我们这边通高铁了嘛，车站就在村子南边，坐上高铁，不用一个小时就到海边了。

老爸，你不能这样懒，你再这样，我可不讲故事给你听了，说好了，我每讲完一个故事，你就要动一下眼皮的，可是你怎能不信守承诺呢……

李铭凝视着床上静静地躺着的老爸。老爸的脸异常瘦削，皮肤薄得像透明的纸，仿佛只要轻轻一吹，就会吹破。

老爸就那样静静地躺着，一动不动。忽然，他发现老爸的眼皮轻轻动了一下，只是一下，很轻很轻。这已经足以使李铭异常震惊了。

高兴过后，李铭不禁怀疑起自己的眼睛来，也许自己看错了。老爸根本不可能醒过来，医生说，老爸没有恢复的可能。

一年多前，接到父亲病危的电话后，李铭赶到医院，父亲已经进了重症监护室，兄弟姐妹们也都已到齐。

父亲得了严重的脑出血，正在抢救，医生说要想治好必须开颅，而父亲已经86岁了，开颅风险大，即便治好也很可能是植物人。这样的情况，多数家庭选择放弃治疗，如何决定，根本得看家属的意见。医生让快速决定。

哥哥在大厅里不停地转圈，当他转到第七圈，忽然停了下来。"放弃吧！"哥哥说。姐姐、妹妹都红着眼睛答应了，李铭却一直沉默着。

"不行！绝对不行，只要有一线希望就不能放弃！"过了好久，李铭忽然坚定地说。

在李铭的坚持下，大家决定开颅治疗。手术后，父亲脱离生命危险，却成了植物人。在医院治疗了一个多月后，父亲出院，只能在别人照顾下维持生命。

李铭有一个哥哥，一个姐姐，一个妹妹。大家都很忙，哥哥需要照顾孙子，姐姐身体不好，妹妹长年在外打工，李铭开着一家小杂货店，里里外外都需要自己打理，论说谁都没有时间照顾父亲。可是事已至此，不管困难多大都得克服。

他们四人轮着照顾，每人一周。转眼一年过去了，父亲除了消瘦了很多，其他没有明显变化。而四个人的生活却发生了很大改变，哥哥因为很难既照顾好孙子又照顾好父亲，家庭矛盾激化进而导致儿子离婚；

姐姐因为心情不好再加上过度劳累而病情加重；妹妹没法打工，家中收入锐减，只能靠借钱交房贷；自己的杂货店因为没法正常营业只得选择关门。父亲每个月都得花三千多元，在大家经济已经很困难的前提下，这无异于雪上加霜。大家埋怨李铭，是他的一意孤行让大家的生活陷入困境。李铭也怀疑自己的决定。

最后这四个月，因为别人实在太困难，几乎所有照顾任务基本落到了李铭的身上。

爸爸，你是不是确实听到了，那你就再动一下好吗？

这次，他清楚地看到了，父亲的眼珠轻轻地转动了一下，眼皮也接着动了一下。李铭欣喜无比，他立即打电话告诉大家这一喜讯。等大家都聚齐的时候，父亲已经微微睁开了眼睛。

不知从什么时候起，我已经能够听到你讲的故事了，在那无边的黑暗里，等待你的故事，是我对生活的唯一期待……这是几个月后，老爸能够说话时最先讲的内容。这些故事都是李铭讲给父亲的。和别人不一样，李铭除了照顾好父亲，一直坚持和父亲说话。他经常说，如果父亲有意识，我们谁也不和他说话，他将多么孤独。李铭一直努力寻找最有意思的事情讲给父亲听，虽然很多事情都是他自己杜撰的。

老爸还说了一个重大秘密，在老家柿树旁边，他埋下了一个瓷坛，瓷坛里盛着九块价值不菲的翡翠和六颗稀有的珍珠，这些东西都是做珠宝生意的太爷爷传下来的，他害怕孩子们有了钱不愿奋斗，才一直没和任何人说……

## 没有任何借口

"爸爸，在七中我实在受够了！我想到实验中学去借读。"闫伟扔下书包，一屁股坐到沙发上说。

"又要借读？你不是说这个学校不错吗？"闫涛既吃惊又生气。

"那是刚开始我对这个学校不了解！"闫伟振振有词。

"这所学校怎么不好了？"闫涛耐心地问。

"这所学校老师授课水平低，教学方法落后，考试和课外作业特别多……"闫伟说。

其实闫涛心里清楚，问题一定出在孩子身上，儿子今年上高一，不到一年时间，已经转过两次学。一开始他在三中上，三中是一所重点培养艺术生的学校，闫伟没有什么特长，一直要到别的学校借读，自己就托人把他转到了五中。到五中三个月后，儿子又以和同学闹了矛盾为由，再次提出转学。于是自己再次托人把他转到七中，想不到到七中才两个月，儿子再次要求到别的学校借读。

本来他想给孩子最好的发展条件，尤其在教育上。现在看来，原来遇事不从孩子身上找问题的做法是绝对错误的。于是他灵机一动，就想出个主意来。

"我托人尽快给办，但实验中学门槛高，不可能很快就能办成，怎么也得两三个月。我有一个条件，转学前，你必须好好学习，不能违反纪律，在这几个月的月考中，你必须每个月至少提高三个名次，否则我就不给你办借读了。"

"两三个月，时间太长了！我连一天都受不了了！"闫伟说。

"你以为学校是我们家办的吗，说去哪里就去哪里？别说两三个月，半年都有可能办不好。好了，不要讨价还价了，你给我记好了，办借读的这段时间里，你一定要好好学习，不能违反任何纪律，否则实验中学会认为你是因为违反纪律才办借读的，那样就一点希望也没有了！"

以后一个多月的时间里，闫伟多次问起借读的事，闫涛说自己正在努力，并一再提醒闫伟要好好学习。闫伟因为看到了希望，学习起来很有劲头，在一个月后的月考中，提高了五个名次。闫涛狠狠地表扬了儿子一顿，特地领着孩子到饭店吃了一顿。

吃饭过程中，闫涛问儿子是怎样克服困难取得这么大的进步的，儿子笑着说："为了能够顺利转学，我尽了自己最大的努力去学习！"

转眼又一个月过去了，借读的事依旧没有办好。在月末的考试中，闫伟又提高了五个名次。

当闫伟拿着成绩单让父亲看时，闫涛非常高兴地说；"你想过没有，这两个月你取得了自上初中以来最大的进步，你能总结一下进步的原因吗？"

"我一直想，反正我就要转到最好的学校了，不管老师的要求多么不合理，我都严格按照老师的要求来做，虽然我对老师有意见，我还是想给他们留下点好印象。当然了，最主要的，我想为新学校的生活开一个好头！"闫伟说。

"你能这么想，我就放心了，实验中学分管教学的副校长在外面学习，只有等他回来，才能决定，所以我们还要再等一段时间。"闫涛说。

"爸爸！借读的事如果实在有困难，就算了吧！我不想转学了，因为我现在基本适应这所学校的一切了！"这天，闫伟小心翼翼地说。

"真的？我儿子真是太棒了！你知道吗？其实我根本没有给你办借读，我就是想通过这种方式，让你提高成绩并认识到自己的问题。通过这几个月你取得的进步来看，你完全能够在七中继续提高自己的成绩。其实生活中很多事情都是这样的，改变环境也许暂时能解决一些问题，但是很多事情的根本解决措施还在于改变自己，一个人只有不再一味寻找借口，一味地埋怨周围的人和环境，才能够更客观地思考自身存在的问题，因为在多数情况下，问题是出在我们自己身上……"

儿子认真地点了点头。闫涛把儿子一下拥进了怀里，紧紧地。

# 永远的伯父

## 最后的温暖

去年深秋的今天早晨，不知为什么，心里总觉得空落落的。这时，手机忽然响了，按下接听键，传来妹妹撕心裂肺的哭声。过了好久，妹妹用嘶哑的声音告诉我，伯父过世了。

我顿时惊呆了。当时伯父住在妹妹的学校，妹妹在一个偏僻乡镇教书，就把伯父接了过去，顺便叫他看看孩子。伯父74岁，除了血压有些高，身体还算不错，想不到说走就走了。

伯父一生孑然一身，他的后事自然应由我和姐妹们来料理，我和妹夫赶回家匆匆安排一下，便找了辆车，去拉伯父。天很冷，车很颠。我在颠簸的车上感到一种从未有过的痛苦与无助。

伯父一生异常节俭。伯父一直和我们一起生活，伯父和父母都是普通农民，我和姐姐、妹妹又都上学，所以家中一直很穷，伯父偶尔赚点钱，从不舍得花，都是叠得平平整整地收着，每当我们需要钱，他就毫不犹豫地全部拿出来。直至我和姐姐妹妹参加工作，伯父一点积蓄都没有。

伯父一生都在助人。伯父对我们的帮助自不必说，就连本村和附近村庄的人几乎都得到过他的帮助。年轻时，村里不管谁家打墙盖屋，总少不了伯父。那时干活，除了管饭，没有任何报酬。伯父心灵手巧，会做厨子，村里谁家有红白公事，多数都请他去做饭。伯父还是个小铁匠，我们这地方又叫钻辘子，每到农闲时间，经常走街串巷给人修补锅碗瓢盆，他忙活半天，往往只收很少一点钱。

伯父一生孤独寂寞。小时候，我和伯父同床睡觉，每至夜深，他常独自深沉地叹息，那种叹息哀伤无助，深深烙印在我内心深处。现在想来，伯父那时其实尚在壮年，随着老年的到来，伯父的叹息，不但会有，而且应更苍凉了吧！我想，这种孤独和哀伤首先源于他自己没有对象，伯父相貌和身体都很好，可由于时代原因一直没找到对象。其次源于他的手艺，伯父希望自己的钻辘子手艺能够传下去，希望有人做他的徒弟，可是谁能学、谁会学呢？毕竟这门手艺既不卫生又不赚钱，而我作为他唯一的亲侄子，又考上了大学并有了固定工作。

车到东莞，我急忙朝伯父所在的小屋走去，我推开门，立即看到了躺在地板上的伯父。看到我们来了，妹妹劝我们别哭，但她自己早已哭得两眼通红。妹妹说，当她清晨过来，看见伯父只穿着内衣，张着嘴，瞪着眼，直挺挺地躺在地板上。看样子，伯父是后半夜或清晨下床解手时才感到身体不适的，于是急忙去开屋门，可是刚拿开顶门棍就倒在地板上了。伯父应该求救过，可没有任何人听到。

我想，当伯父疼痛无比、神志渐渐模糊时，一定很冷，一定有许多话想说，他多么希望有人来到身边呀！那时，他是多么痛苦无助呀！妹妹说，当她给伯父穿上棉袄，伯父的眼睛竟变得似闭非闭了，于是就轻轻抚摸伯父的脸，伯父的眼睛才永久闭上。

伯父一生充满遗憾。没有对象和子女的遗憾不必说，手艺没有传人的遗憾也不必说，孤独地客死他乡的遗憾更不必说。伯父的遗憾远不止这些，伯父没有对象和子女，自然把希望寄托在我们身上，伯父非常希望我有个男孩，可是我却养了个女儿。伯父还有个想法，那就是砌一座坟墓。伯父不想让我们花钱，他想自己赚钱弄，可最近几年，伯父多数时间给我和妹妹看孩子，很少有时间赚钱。我们也准备给他建坟，可因为墓地没找好，并且伯父身体也好，就耽搁了。伯父老了，当然也可以砌。可村里有空的劳动力很少，匆忙间砌墓难度很大，也就只好作罢。因为这事，母亲甚至和我吵了一架。

伯父就这么孤独地走了，带着无奈和遗憾。我常常怀疑"死而无憾"这个短语的真实性，既然生命是宝贵的，活着是幸福的，怎么能够死而无憾呢！也许人生本来就是孤独遗憾的，而伯父的孤独遗憾更透彻些。

火化伯父那天清晨，寒风刺骨，司机把车开得很快，我坐在敞篷车斗里更加寒冷，好在我还怀抱着伯父的骨灰盒。伯父的骨灰一开始灼热烫人，一会儿就不再烫人了，但依旧有份温暖隐隐透出，我把冻麻的双手翻来覆去贴在骨灰盒上取暖。

伯父在这个世界上走了一遭，未曾得到什么，也未留下什么。如果一定要说留下了什么的话，那就是用他的生命给了这个世界些许温暖。而现在，也许是，伯父给我的最后一份温暖吧！

伯父去世转眼一年了，一年来，我也经历了诸多的生活波折，生活的列车在希望与失望中艰难颠簸。每当想起伯父就长长叹息。每当回老家看到伯父寂寞的轱辘挑子，就会难过流泪。

伯父去世，让我对生命有了更深的体会和感慨。当我怀抱伯父骨灰在寒风里穿越时，我感到穿越的不是一段十几公里的距离，而是生与死的沧桑。时间像风，呼啸而过，来不及反应，轻如浮尘的生命就已无踪无影了。

行笔至此，潸然泪下。

## 铜盆子铜碗儿铜大缸

转眼间，伯父去世已近十年。

伯父生前是个铁匠，就是那种推着手推车，在乡间走街串巷高声吆喝着"铜盆子铜碗儿铜大缸"招揽生意的手艺人，我们这边管这种铁匠叫"轱辘子"。我们附近村，自从伯父去世便不再有轱辘子了。随着时代的发展，即便在最偏远的乡村，恐怕也难以见到这种手艺人了。

伯父和我家住在一个院子里，铁匠需要打铁，我家院子边上便常年有一个铁匠炉，炉边放着个大铁砧。我小的时候，经常坐在炉边看伯父打铁，记忆中伯父肌肉结实，仿佛有永远用不完的力气。待到炉火把铁块烧红，伯父用铁钳夹出，放在铁砧上，一手拿铁，一手打锤，经过一阵快速而有力的敲打，一块本不成型的铁块就渐渐显出了工具的雏形。当然，那些复杂的工具需要多次烧制锻打。铁锄、斧头、砍刀之类需要刀刃的工具在锻打成型后，还需要最后一道工序——淬火。

淬火就是把锻打好但尚未冷却的工具刃部放到冷水里淬一下。伯父说，工具是否锋利，一方面取决于钢铁本身的质量，另一方面取决于淬火环节能否适度。淬火力度太大，刃部当时就坏了，即便不坏，刀刃韧性也不够，容易碎。淬火力度小了，刀刃硬度不够，自然难以长久锋利。只有不轻不重，刀刃才能既锋利又有韧性。很多时候，伯父给人制成一件工具，却要产生好几件废品。伯父经常挂在嘴边的一句话是，做人要实在，不过关的东西，宁愿扔了，也不能把它让人家来损坏自己的名声。其实这些所谓废品，从外表看，是没有任何问题的。产品是否合格，靠的是伯父的自定的标准。

除了打铁，伯父干得较多的另一种活就是"锔盆子锔碗儿锔大缸"，几十年前，农村日常生活用具很多都是瓷器和陶器，这类用具容易破碎。那时候，用具破碎了，多数人家都舍不得扔掉，一般都是小心地放起来，等待伯父这样的手艺人锔一下。伯父锔东西的水平很高，锔过的用具，基本可以像当初那样使用。伯父说，锔东西最难把握的是锔子的力度，力度小了，东西锔不结实，时间久了，锔子会掉。力度大了，容易把器具弄坏。所以锔东西就是在弄不坏器具的前提下把锔子锔到最结实的程度。力度的把握靠的是经验，而整项工作靠的是良心。

后来，伯父的年龄越来越大，打铁与锔一些大的器具越来越力不从心，干活的重点渐渐转移到锵剪子、磨菜刀上。伯父年轻时打过菜刀，也打过剪子，锵剪子、磨菜刀，对他来说，是很拿手的活。伯父告诉我，磨刀有粗、中、精三道工序，重要的原则是要把刀放平了磨，只有放平刀刃，磨出来的刀才能快得长久。同时一定要蘸水磨，干磨容易把刀刃上淬好的火磨掉。磨剪子，就复杂多了。磨剪子对磨石有很严格的要求，磨石一定要平，只有平，磨出来的刃口才平。剪刀剪东西靠的是两个刀刃完美铰合，只要有一个刀刃不直，就无法铰东西了。剪刀不快可能有两个原因，一是剪刃不锋利了，二是剪刀由于受到外力而变形，变得不能很好地铰合了。遇到这种情况，需要用小锤子轻轻捶一下，把刀刃弄直，才可以重新铰东西。

无论是磨刀还是磨剪子，伯父都非常认真，尤其是在刀刃的核心部分很下功夫。伯父说有些手艺人，干活注重外表，在最关键的刀刃部分却只下点表面功夫，这样虽说好看，但不耐久。现在想来，这多么像为人处世呀！有的人注重表面，有的人抓的是本质。只注重表面的，终归难以长久。只有实实在在，才能经得住时间的考验。

轳辘子是小手艺人，干的活既脏又累，还赚不了多少钱。记得最清楚的就是给人补铁锅，那时农村都是烧柴草，锅底下都有一层厚厚的灰，伯父在修补之前，要把锅底的灰弄掉，有时给人打一个补丁，却弄得浑身都是灰。那种灰弄在手上是最难洗掉的。烧炉打铁，烟熏火燎，又脏又累，更无须多说。但是为了赚点钱，也为了给人服务，伯父一直很投入地干着自己的营生。

由于诸多原因，伯父一生孤身。伯父年龄越大，越希望有人能跟他学习自己的手艺，可是社会在变迁，时代在发展，这种本来就不赚钱的营生越来越没有生存的空间了，有谁肯学呢？伯父去世后，伴随了他一生的轳辘条子便基本结束了它们的实用价值。但我一直认真存放着。

前几日见条子上已满是蛛网与灰尘，我找了把笤帚轻轻拂拭着，内心不禁升腾起莫名的伤感。泪眼蒙眬中，我仿佛看见肌肉壮硕的伯父从炉火中拿出通红的铁块，放在铁砧上快速而有力地敲打着……那叮叮当当的铁锤声，穿越生命的坚守与岁月的苍凉，直抵我灵魂最深处……

爱情况味

## 擦肩而过

我喜欢跟朋友聊天，尤其是喜欢跟年轻人聊天，了解他们的生活经历，体会各种生活辛酸。最近在网上认识的一位文友，跟我讲述了自己的爱情故事，听后很是感慨，为保持故事的原味，特意以第一人称的方式记录下这个故事。

我是在看电视时认识她的，当时她在参加一档电视相亲节目。她的名字叫江琳，口才好，气质佳，素质高，是难得一见的真正美女。

当然，不单我这样认为，参加节目的男嘉宾们也几乎都这样认为，甚至有不少男嘉宾就是冲着她来参加节目的，然而她却非常令人失望，她很少肯为男嘉宾留灯到最后，即便偶有特殊情况，关键时刻，她也一定会退缩。每当主持人或男嘉宾问她原因，她总能说出非常恰当的理由。

多数男子碰壁后，都退缩了。有个男子却在接连遭遇两次拒绝后，又一次来到了电视台。因为这个男子实在太优秀了，甚至有好几位别的女孩同时看上了他，虽然这个男子对她们一概毫无兴趣，江琳依旧不领情。大家都觉得江琳难以理喻。甚至有人猜测她来参加节目，根本不是为了找对象，而是另有所图。此后不久，江琳就离开了那档节目。

想不到几个月后，我竟然与她在现实生活中见面了。那时我到外地进货，她也在进货。进完货，正好到了中午吃饭时间，我以她的粉丝的名义，请她到附近的饭馆吃饭，她很爽快地答应了。吃饭时，我问她现在的恋爱情况，她很坦然地说，她打算首先经营好自己的服装店，等有了经济基础之后再说。

我问："如果你的店一直经营不好呢？"

"那就一直不找了呗！"她莞尔一笑，接着说，"凭着我聪明的头脑和不错的人气，我的店一定会经营得很好的。这不，刚开业几个月，生意就压过了很多老店。"

"难道你参加节目不是为了找对象，而是为了积累人气！"我有些吃惊。

她再次莞尔一笑，不置可否。

此后，我进货时，几次与她碰面，从她进货的频率和数量上来看，她的店应该经营得很好。

令我吃惊的是，一年之后她再次进货时，和她一起来的，是一个接近40岁的男人。他的名字叫王勇，个不高，也不帅。我实在不敢相信，如此高傲的她，竟会爱上这样一个人。我猜测这个男子一定很有钱，进而认为她也不过是个嫌贫爱富的势利女子。

她约我一起吃饭，我答应了。吃饭时，我悄悄了解了一下他的情况，想不到他既没有钱，又没有特长，可以说几乎一无是处，这更令我感到吃惊了。

也许江琳看出了我的惊诧，在王勇出去结账时，江琳说："你一定不理解我为什么找了个这样的男人吧？我之所以这样做，是为了降低爱情风险。上大学时，我有一段刻骨铭心的爱情，可是他太优秀了，优秀得我根本无法驾驭。大学毕业后，他很快就有了新欢。那时我简直伤透了心，甚至连自杀的想法都有了。也就是从那时起，我渴望一份爱，又害怕驾驭不了对方，于是一次次与爱擦肩而过。后来，我终于知道一个女子最需要什么，那就是自立自强，于是开始把上节目积累的人气转化为金钱。他是从电视上与我认识的，从我做完第一期节目，就很快收到了他的来信，虽然我对他的来信没有任何反应，但是他却坚持不懈地给我写信，我想他也许没有任何优点，但一点是肯定的，那就是他一定非常爱我。如今，和他交往，虽然平淡，却很幸福，这正是我最渴望的。"

听完她的诉说，我内心开始滴血。其实，从在电视上第一次见到她，我就深深爱上了她，只是苦于自己既没有成功的事业，又没有优秀的外表，所以连向她表达爱的勇气都没有。我是多么后悔呀！如果我像王勇那样勇敢，也许现在在她身边的就是我了。

此后，我又接连碰到过她好几次，有几次我甚至想说我也是爱她的，但每次话到嘴边，都咽了下去。也许他们已经结婚或办理登记手续了吧，我不想做第三者。

半年后的一天，我突然收到一条她发来的短信："我们明天就要结婚了，说实话，和王勇结合，我多少有些无奈，其实我更喜欢你这样的男人。当初我和你介绍王勇的情况，就是希望你能勇敢地说出你对我的爱，可是我只读出了你眼中的遗憾，却没读到勇气……"

我欲哭无泪，我知道一份美好的爱情，真正和我擦肩而过了。


## 爱的抉择

大学即将毕业的时候，有一周的校内实践课，当时我被分到了保卫科。那天深夜，保卫科长让我出去看看有没有异常情况。当时校内有闹鬼的传闻，我虽然不相信有鬼，可是一个人走在寂静的校园里，还是难免有些紧张。

忽然，远处传来若有若无的哭声，我不禁打了个冷战。壮着胆子，侧耳细听，哭声是从图书楼上传来的，这座楼刚刚建起未用，怎么会有哭声呢？我用手电朝上一照，一个白影在楼顶一闪。我吓得拔腿就跑。

跑回保卫科，我说明情况后，科长说上去看看。楼内一片漆黑，我们慢慢爬到顶层，发现拐角处有一团白色的东西，十几把手电一齐照过去，原来是一位女生。保卫科长询问她，她既不抬头，也不说话。两个人把她拉了起来，我一看差点晕倒，她竟然是我的女朋友。

我这么称呼她，是因为我已经追她四年了。她美丽而淳朴，冷艳而忧郁。刚入校，她那独特的气质就把多数男生征服了，大家近乎疯狂地追求她，纷纷碰壁后，都转而追求别的女生，我却坚持了下来。就在白天的时候，趁她不注意，我第一次吻了她，当时她猛烈地推开了我，眼里还溢满了泪水。

回到保卫科后，不管谁询问，她都沉默不语。我单独问她，她也不说,难道是为白天的事？太夸张了吧？保卫科长看出她也许有难言之隐，就找了位女教师单独询问情况。

第二天，保卫科长告诉我：她家中贫穷，无力供她上大学，她就想找个婆家供她上学。可是她的家乡实在太穷了，想找个既有钱又勉强能让她接受的人也不容易，最后勉强找了个邻村的小学教师。他是从省城来的，很矮很丑，岁数也大。当初约定，他供她上大学，毕业后再结婚。四年来，他们接触很少，她感激他，却无法真正爱他。而在我的不断追求下，她不由自主地爱上了我。如今眼看就要毕业了，她内心非常矛盾，实在不知道应该如何选择。因为选择他，就失去了爱情；选择我，就违背了道义。她实在难以抉择，最后就产生了轻生的念头。

保卫科长说完，我心中五味杂陈，我为女朋友从心底爱我而高兴，又为她的处境而感慨。虽然我的家庭情况很好，完全可以偿还她上学花的钱，但是那个男子的青春和情感怎么补偿呢？

我正在焦虑万分的时候，女友的父亲和那位教师风尘仆仆地赶来了，同来的还有一位中年妇女。中年妇女拉着女友的手说："出了这件事，我心中的石头总算落地了！四年前，孩他爸与我说了你的情况，我们被你一边干农活，一边上高中，最终考上大学而感动，我们想资助你，可是实话告诉你，又怕你不接受，我就出了这个馊主意。几年来，我既怕孩他爸对你有想法，又怕你真的爱上孩他爸。现在好了，什么事都没有。青年对你这么好，快答应他吧！嫂子替你做主。"

女友哇的一声，两股热泪喷涌而出。后来，我放弃了父母为我们在省城找好的工作，和女友回到了她的家乡，于是那所山村小学就同时有了两位年轻的教师。那位男子，也因为山村不再缺教师而重新回到了省城。我们在山村教书，虽然闭塞，生活却很幸福。

转眼间，十几年过去了。这天，我们到省城办事，忽然想起那位大哥，就找了个熟人打听他的情况，熟人吃惊地问："难道你们没有联系？"我们摇头。熟人介绍了他的一些近况，最后说，其实当时他根本没结婚，那位妇女是他的嫂子！

知道实情后，我们无比震惊。真想不到大哥会借一个谎言毅然退出这场爱情纠葛，让我们毫不内疚地享受幸福。妻子的泪水吧嗒吧嗒滴在地上，这泪水，也同时滴进了我的心里。


## 别样女友

我走进兰迪酒吧时，李威正独自喝酒。真是神仙日子啊！我按着李威的肩膀说。李威转头看了我一眼，回过头，继续面无表情地喝酒。

李威是我的大学同学，大家都觉得他是个幸运儿。大学毕业后，很快在一家大型企业找到了工作不说，更让大家眼红的是找了个很特别的女友白枚。白枚肤白貌美，长发飘逸，有一种超凡脱俗的美。最让大家羡慕的是她注重精神生活，看淡物质享受，对一般人迷恋的轿车和首饰不屑一顾，更看不起那些甘做房奴的人。

白枚在上海工作，李威在南京工作。婚后，两人分居，他们没房没车，更没有乱七八糟的家具和生活用品。多数时间，都照旧生活在自己的宿舍，只有到了都有空的周末，才凑到一块。几乎每次相聚，他们都选择不同的景区。两人或先聚到一起，然后共同携手前往，或各自行动，直接在景点相聚。几年间，他们几乎游遍了祖国大好河山。

论说，这简直是神仙日子了，然而李威的烦恼却接踵而至。

我们不在一起的日子，你是不是根本就不想我？每当你想起我飘逸的长发，难道就没有感想？这晚，白枚通过微信跟李威说。等李威回答完，白枚说，这就对了，充满思念的爱最美，既然你每时每刻都在想我，那就把你如何想我写下来呀！对我来说，每天阅读你的日记，将是我最美的享受。你知道，我看淡物质，但是重视精神享受，我想你一定不会让我失望。

李威是学理工科的，上学的时候，各科都非常优秀，唯独一写文章就头疼。虽然头疼，也得写呀，他爱妻子，希望她能高兴，于是每天的业余时间，他除了写日记，就是考虑怎样写下一篇日记。虽然如此，李威的日记还是达不到妻子的要求。虽说经过不断努力，李威写日记的水平越来越高，但是李威写作水平的提升速度，总是离白枚的欣赏眼光有很大的差距。为了让妻子满意，李威只得拼命努力。

一开始，还能忍受，天长日久，李威身心俱疲，痛苦不堪。后来，我见到李威，问他日记写得怎样了，李威摇摇头说，她已经读腻了我的日记，现在要求我每天写诗……

我从回忆回到现实。哥们，怎么心情不好？这世上难道还有比写诗更困难的事？那当然！她想利用今年暑假去巴黎看画展、去罗马考察古建筑、去维也纳欣赏音乐会……那就让她去吧！我说。那得多少钱呀！一开始我想让她自己去的，可是她偏偏要求我跟他一起去，还说两人手拉手游欧洲，多幸福多浪漫呀！那就一起去吧！一趟欧洲之行，怕是我们三年的积蓄都不够呀！你说这不是拿钱打水漂吗？这样的日子什么时候是个头呀！李威说完，又想喝酒，我看他几乎醉了，只得制止他。

其实，李威的麻烦不止这些，自从娶了白枚，他一直过着与众不同的生活，女友不要房子，更没打算要孩子，似乎决心过一辈子丁克生活，可是双方老人却接受不了了，他们悄悄私下商议，并设法弄钱给他们购买了房子。从年迈的父母手中拿过钥匙的那一刻，李威突然想大哭一场。

后来，我陆陆续续地从同学那里听来很多关于李威的消息，几乎都是负面的。同学们不再羡慕他，有好事者甚至劝他离婚。

此后很长时间，因为忙，我没和李威联系。再次见到李威，已是两年之后的事了。那时他们正在超市里买东西，白枚飘逸的长发已变成齐耳短发，李威推着堆满了日常生活用品的购物车跟在后面，其中包括很多儿童用品。

我有些诧异。

"意外，纯属意外，避孕失败，意外怀孕！"李威做着鬼脸跟我说。"现在还要求你写诗吗？"我悄悄问。"你看她那样子，哪还有心情读诗呀！自从有了孩子，我们的生活就只剩下柴米油盐了。"李威说完，就急匆匆地推着购物车朝前走去……


## 老式爱情

周哲卖力地蹬着链条咔咔作响的大金鹿自行车，在高低不平的土路上慢慢前进着。远远地，他看见前面有个长发飘逸的独行女生，那女生的长发让他印象深刻，在学校里他见过好多次。

"同学你好！我也是明月师范的，我带着你吧！步行太累。"周哲追上女生时，停下车子说。

女生停住脚步，既不拒绝，也没接受。

"上来吧！我不是坏人。"周哲看着女生的眼睛说。

女生还在犹豫。周哲把车子稳稳地停在了她的面前。

女生又犹豫了一会儿，就轻盈地坐到了车子上。

明月师范距县城中心有七八里路的距离。每到周末，有很多同学到县城去，但交通很不方便，只有几趟过路客车，错过那几趟车，就只能步行了。

以前周哲都是步行的，这次正好同学的自行车闲着，就借来骑着。这又顺便做件好事，他心里美滋滋的。

对周哲来说，用自行车带女生还是第一次。一路上，周哲想该跟她说说话，可又不知说什么好，就一直沉默着。女生同样保持沉默。

"好了，你骑慢点，我下来。"女生说。

"为什么？"周哲问。

"拐过弯，就到校门口了，我怕别人看见了会瞎说！谢谢你呀！"女生说。

学校严禁男女生谈恋爱，情节严重者，开除学籍，为避免嫌疑，男女生都尽量保持距离。周哲立即停下自行车，让女生下来，独自骑车去了学校。

"说说你谈恋爱的事吧，你也真够大胆的，竟然一起去城里玩。"第二天，周哲就被班主任王老师叫到了办公室。

"没有啊！"周哲矢口否认。

"如实交代吧！没证据我能诬陷你吗！"王老师说。

"确实没有！"

"你还挺强，周日那天，你借了自行车，带女生干什么了？"

"我去城里了，但那个女生是在我回来的半路上碰到的，我看她走得挺累，就把她捎来了，不可以吗？"

"做好事，当然可以，可是做好事需要遮遮掩掩吗？"

"怎么遮遮掩掩了？我光明磊落。"

"光明磊落？光明磊落她需要离学校那么远就下车吗？分明是心里有鬼。"

"她提前下车，你是怎么知道的？"

"我备课累了，站在窗前休息，就看见你干的好事了。"老师阴着脸说。

教师办公室在四楼，这座楼是附近最高的建筑，所以被老师看见也是情理之中的事。周哲暗暗叫苦。

"我没时间同你唠叨，明天上班前，给我交一份检讨，如实反映你们的情况，我酌情处理。"

周哲回到教室，越想越郁闷。周哲是费了好大的劲才考上师范的，考上师范意味着毕业后就是一名正式的人民教师了，他可不想稀里糊涂地就被学校处理了。

那份检讨，他密密麻麻地写了四页纸。

"你骗谁啊！写这么多废话干啥呀！你还挺仗义，连女生的半点信息都不肯透露，你以为这样就能糊弄过去？"王老师看完检讨书后，一下甩到了地上。

周哲费了好大力气才打听到女生的班级和姓名。事已如此，他觉得需要和女生说明一下情况。那天晚饭后，他把女生约到了学校图书楼前。

当周哲把事情和那个叫崔林的女生说完后，崔林气愤地说："你真没劲，怎么会这么巧，我才不信正好被你班主任看见了呢！我也不相信我们是偶遇了。这一定都是你谋划好的。你真卑鄙！我明确地告诉你，我不会在上学期间谈恋爱，即便谈，也看不上你这样的！"

崔林说完，扭头就走。

与此同时，周哲看见从这儿路过的班主任悠悠地蹬着自行车，一脸得意地慢慢走过。

很快，崔林就知道周哲没有说假话了，因为她的班主任也开始让她交代情况。

现在，他们才知道证明一件事是子虚乌有的有多困难。不过，因为他们口径一致，学校又找不到别的证据，最后也只能不了了之。但他们的事情，学校已经尽人皆知了。

你如果认为故事到此为止，那就错了，故事的结局是，为了证明没谈恋爱，他们一次次接触，最后竟然真恋爱了。毕业不久，他们就结婚了。婚后生活平淡而幸福。

如今，他们都已年过半百。

## 那棵古槐

村头有棵千年古槐，树干虽歪歪扭扭，但枝叶茂盛。每到夏天，村里人经常聚到树下乘凉，小孩围在老人身边听故事，青年男女则离得远些，做他们喜欢的事。

石头就是在这样的夜晚和山妹相爱的。一开始，他们离古槐近，说的话也不冷不热。慢慢地，他们远离了古槐，直至一起隐身于茫茫夜色。石头健壮勤劳，家务活样样在行，山妹漂亮，一颦一笑，总流露出万种风情，石头和山妹的爱情成为山村的一段佳话。

当然，这是二十多年前的事了。每当回忆起往事，石头总有炎热夏日在古槐下沐浴山风的感觉，清凉，舒爽。

十多年前，村里的年轻人开始外出打工，一开始，出去的人少，他们每次回家，不但带来了大把钞票，还带来了山外的服饰和生活习惯。后来，村里人都陆续加入了打工者的行列。石头和山妹一开始不愿出去，然而家中实在缺钱。这年，他们把孩子托付给父母后，也出去打工了。

山妹和同村的几个年轻媳妇一起去了南方，石头则和同村的铁锁去了县城。石头之所以没去更远的地方，是因为县城离家近，可以在农忙时节回家干些农活。

石头他们在县城给一处私人公园搞绿化，他们的主要任务就是栽树，有小树，也有大树。小树好栽，大树却很麻烦。他们要把大树的多数枝子锯掉，以防止水分过多蒸发。很多大树栽好之后，还要给它挂吊瓶补充水分，搭凉棚保持合适的温度。虽然如此，多数大树还是变成了干柴。不过老板有的是钱，一批树死了，又一批树就买来了，就这样周而复始，最后总会有几棵长出稀疏的新芽。

"一棵大树得几百元吧！"一日，石头问工头。

"几百元怕是连根树枝都买不到。"工头说。

"这是何苦？糟蹋钱，也糟蹋树！"石头说。

"老板不栽树，你能有钱赚？"工头说。

石头不再说话，埋头哼哧哼哧挖树坑。

公园对面有家洗浴中心，洗浴中心白天静悄悄，一到晚上就霓虹闪烁，半透明的玻璃窗上时常映出漂亮女子的曼妙曲线。石头经常对着那些曲线发呆。发完呆，他会给妻子打电话。可是妻子基本不接电话，偶尔接电话，也是说几句就挂掉，说是为了节约话费。

这日，铁锁约石头去洗浴中心玩玩，石头大惊，说："你好意思这样做？这样做对得起妻子？"

"我妻子天天被人欺负，就不许我心理平衡一次？"铁锁愤愤不平。

"你说什么？她们在那里干什么？"石头瞪大了双眼。

"你不知道？对了，你妻子刚去，我妻子出去好几年了，她再不承认，我也能感觉得出来。"铁锁说。

石头半信半疑，看着铁锁独自走进洗浴中心，他感到比吃了苍蝇还恶心。回到工地，石头给妻子打电话，妻子关机。石头顿觉铁锁没骗自己，他感觉浑身冰凉，像进了冷库。

这日，石头他们正在挖坑，又一棵大树运来了，石头吃惊地说："这不是咱们村那棵古槐吗？"

"是哪个家伙的，把我们的古槐卖了！"铁锁骂骂咧咧。

骂归骂，他们能做的就是好好栽树。树栽好后，工头说老板买这棵树花了大价钱，为了让这棵树能够成活，要找两个人重点看护它，树活了，有奖，死了，受罚。一开始民工们谁也不敢应承。过了好一会儿，石头咬了咬牙说，我来吧！铁锁也跟着答应。

　　转眼半年时间过去了，这棵树虽说没死，但始终没冒出一个新芽。临近春节，石头问工头，奖金怎么算？工头说，树这个样子，你让我怎么和老板说？明年再说吧！

　　石头和铁锁回家不久，山妹她们也回来了。山妹的收入很令石头心动。山妹在南方干什么，她没主动说，石头也没多问。

　　转眼春节就过去了。"还出去？"石头问山妹。"还是出去吧，再干一年，我们就能像别人家一样盖座漂亮房子了。"山妹回答。"去就去吧，我也出去，我得去照料那棵树，我怕它死了。"石头说。

　　石头送走山妹不久，也背上行囊进城打工。走到村头，石头看着古槐被挖走后留下的树坑，心里一阵空落落的。

　　这年，石头和铁锁的心情虽说不太好，但也不算最坏。因为这年盛夏，一直半死不活的古槐竟发出了几个很短的新芽。拿到奖金这天，石头约铁锁一起去喝酒，之后就去了那家洗浴中心……

　　转眼一年时间又过去了，春节回家时，山妹和石头商议说："我们买下铁锁的新房子怎么样？我看挺便宜的，他们盖好后，一天都没住。"

　　"你看这山村还能住吗？连几千年从没停止出泉水的泉都干了。再说，我们哪点比铁锁家差，凭什么他们可以做城里人，我们却依旧待在山村？再便宜我们也不要，再干几年，我们也到城里买套房子。"

这天，山妹和石头聊天时，忽然问起那棵古槐的情况，还说古槐促成了他们的爱情。石头忽觉鼻子一阵发酸，他沉默了好久才说："早就死了。"

第三辑

# 生命之光

## 一生清廉

莒地历史悠久，多出廉吏。南北朝时期的孙谦便是著名的廉吏之一。他是莒县东莞镇人，自年轻时出仕，曾先后在宋、齐、梁三朝为官，最后官至光禄大夫。其做官以及为人处世，都人如其名，谦逊待人，廉洁自律，为民谋利，克己奉公。在当时成为国之栋梁三朝元老，在历史上亦堪称廉吏楷模彪炳史册。

刚出仕，孙谦便任左军行参军，那时他只有 17 岁，年龄虽小，但为人稳重，做事妥当，很受士兵和长官们的喜欢，因此影响力逐步增大，渐渐得以升迁。宋明帝时，受人举荐，被任命为明威将军，做巴东与建平两个郡的太守。表面上看这是个很不错的职位，其实是个很难干的苦差事。

这两个郡地处长江三峡，交通不便，当时属于边远地区，深山密林里住着很多难以管理的地方势力，他们经常与官府作对，管理难度很大。对地方武装势力，以前地方长官多以镇压为主，就连皇帝也支持这种做法。孙谦赴任前，宋明帝要他带领一千士兵前往，一来保护其安全，二来镇压黎民百姓的反抗。孙谦却坚决拒绝带兵前往，他觉得带兵前往，会让当地百姓对官府反感，也会给国家增加负担。于是他不顾个人安危，坚持不带一兵一卒，孤身前去赴任。

刚刚进入两郡地界，他就被一股地方势力拦截。为首匪兵拦住其去路，询问其姓名，孙谦报上名字后，匪兵大笑着说："就凭你也敢自称太守，太守前来上任谁敢不带兵？可是你的兵在哪里？"孙谦解释说皇帝确实想叫他带兵的，但是被他拒绝了。匪兵盘问一会儿后，略加思索就把孙谦放走了。后来，孙谦得知，那股匪兵准备好了要与新太守带来的官兵大战一场，看看所谓的官兵到底有多大的战斗力，并给新太守一个下马威。但见其未带一兵一卒，俭朴犹如农人，就改变了主意。

当孙谦来到治所，面对蛮横的邪恶势力，他一改强力镇压的做法，首先了解当地民众的生活习惯和特点，亲自深入百姓，体验百姓生活，了解百姓疾苦与诉求。经过充分调研，他在尊重当地习俗的前提下循序渐进地推行教化，还大胆释放了以前官员关押的很多带头作乱的人。

当时像孙谦这么大的官员，多数都过着锦衣玉食的奢华生活。孙谦却异常俭朴。处理军政事务之余，他带头从事农业生产，他多数日常食用的粮食和蔬菜都是自己种出来的。床边只用苇子或竹编的粗席子当屏风。冬天盖的是平民百姓用的布被，铺的是草编的席子。夏季蚊蝇肆虐，他都不舍得用帐子来御蚊，为了减轻郡内百姓的负担，他不但免除了自己俸禄中应该从本地收取的部分，还经常拿出有限的朝廷俸禄接济当地百姓。

孙谦从开始做官，就不贪不占，严格自律。任两郡太守期间，他的所作所为，很快就让当地民众心服口服。那些带头作乱的人，不但不再作乱，而且纷纷号召本族人支持他，甚至竞相向他奉献金银珠宝。面对他们送给自己的礼物，无论厚薄，孙谦一律婉辞，他一再表示，百姓能够安居乐业，就是送给他的最好的礼物，也是他唯一能够接受的礼物。在其他地方做官也是如此，据史料记载，当他从钱塘令的位置上离任时，百姓拿着礼物夹道相送，但是孙谦一样都没要。

孙谦虽然连年在外做官，但身无余财，很久以来，他甚至没钱建造一所普通宅院来住，更别说建设豪宅了，每当离职，尚未有新的任命之前，他都是暂时栖身在官府不用的空车棚子里。

显赫的政绩，卓著的官德，让百姓、同僚甚至皇帝都对他敬佩有加。随着年龄渐大，孙谦曾数次想辞官归家，但是都被皇帝拒绝了，所以直到九十多岁依旧在朝为官。因为年事已高，声名卓著，皇帝特许他由专人扶着他上朝。

天监十五年，他死于任上，当时他已92岁。当时皇帝梁武帝特地下诏赐钱三万，布五十匹，并亲自为他举哀。作为一位臣子，能获得皇帝的这种礼遇，可以说是无以复加了。孙谦虽然已去世，但是他的为官与为人之道，却像一盏闪亮的明灯永远闪耀在历史的天空。


## 直言进谏

今晚，对刘朴来说，又是一个不眠之夜。

前几天，左副都御史杨涟在奏疏中痛陈魏忠贤的二十四条罪状，皇帝不但不听,反而当着文武百官的面斥责他。第二天,刘朴和别的几位大臣再次上疏,皇帝更加生气。

继续上疏,还是就此作罢,刘朴反复考虑。如果在皇帝一再发怒的情况下继续弹劾魏忠贤,无论魏忠贤本人还是皇帝都可能要置他于死地。但为了大明社稷和天下苍生,他还是选择了冒死进谏。

因当时魏忠贤把持朝政,很多大臣们的奏折都是魏忠贤查阅后才送给皇帝的。魏忠贤看到奏疏后,脸当时就绿了。这份奏疏列举了魏忠贤的八条罪状,几乎每一条都是死罪:在城外西山建设别墅:工程浩繁,楼台亭榭,金碧辉煌,耗资巨大;欺侮皇帝年少,不断讨赏,致使国库告空;一个太监竟总揽军国大权,结党营私,掌控朝政……如何处理这份奏折,魏忠贤可犯了愁。

在朝廷,刘朴是个小角色,但名声很好,弄死他对魏忠贤来说易如反掌,可是魏忠贤觉得在自己频受抨击的情况下,继续树敌不是明智之举,于是一个阴谋在他脑海中诞生了。刘朴实在想不到会是这样的结果,皇上下的圣旨中竟然说自己在沽名钓誉,因属谏官,也算是分内的事,所以不予治罪。

很快,刘朴被调任巡按淮扬。此前巡按淮扬的御史是崔呈秀,他品质恶劣,在巡按淮扬期间,贪污受贿,劣迹斑斑。回京后,被革职候勘。如果刘朴再去巡按淮扬,自然无法回避这件事。而崔呈秀很可能与把持朝政的魏忠贤有千丝万缕的联系,处理起来,稍有不慎,就可能惹怒皇帝或魏忠贤,关键节点很难抉择。

这晚,崔呈秀带着礼物前来求见。"祝贺刘大人!"崔呈秀满脸堆笑地说。"这有什么好祝贺的！"刘朴冷冷地说。"淮扬之地，物阜民丰，当你去了，你就知道其中的好处了！""对你这样的人来说，自然是好处多多，对我来说，到哪里都是执行公务而已！""我可是清清白白的，你可不要相信东林党人对我的污蔑。其实你该清楚，你已经把魏爷惹恼了，魏爷不但没有治你的罪，而且给你这次机会，你如果能够查明真相，魏爷不但不再计较以前的事，而且会重用你，如果你执迷不悟，魏爷与圣上肯定都不会放过你。两相比较，如何选择您应该会明白。还有一点我想提示您好好思考一下，您觉得凭一己之力，能够改变目前的形势吗？如果徒劳无功地挣扎，不但改变不了整个国家的形势，而且丢了自己的性命。那究竟有多大价值？"崔呈秀盯着刘朴说。

"你尽管放心，我一定会查明真相的。至于魏忠贤，我是绝不会向他低头的！为人臣子，为国尽忠是分内之事。别说我完全可能会成功，即便不成功，我亦无怨无悔。"刘朴坚定地说。

"我说刘大人呀！我和你直说吧！这次机会是魏九千岁给你的，你若肯助我洗清罪名，我们就是一个战壕的弟兄，保你日后升官发财。如果执意不肯，等待你的就是死路一条！这是在下的一点心意，请您笑纳！""不用考虑了！我绝不会跟你们同流合污的！至于你的东西，请你带走！""识时务者为俊杰，你这样是不是不识好歹呀！"说话间，崔呈秀面露凶狠之相。"滚！你给我滚！"刘朴读出了崔呈秀脸上的杀气，似乎也预感到了同崔呈秀对着干的下场，但依然毫不犹豫地将其赶走。

几天后，刘朴前往赴任，但是刚刚走到半路就收到了免职的命令，刘朴干脆收拾行囊回了老家。

在家闲居期间，刘朴一直密切关注着朝廷中发生的大事。此后，崔呈秀很快就被起用并担任要职，杨涟、左光斗等数名清官皆被魏忠贤、崔呈秀诬陷并折磨至死。他深知魏忠贤也不会放过自己，三四年间，他闭门谢客，把所有的精力都用在了写诗作文上。

天启七年六月的一夜，刘朴正躺在床上辗转反侧，忽然听到若有若无的敲门声。"会是什么人呢？这半夜三更的！"刘朴起身前去开门。门刚打开，外面的人就快速闪身而入，刘朴仔细一看，是自己的亲家李其昌。"大事不好了，魏老爷很快就要派人来抓你了！听说前来暗中打探你的情况的人已经在这里查访多日了，昨天还到了我家。你快想想办法吧！"李其昌战战兢兢地说。

刘朴仰天长叹道："死于阉党之手有什么可怕，果真被阉党斩首市曹，也算是我为国家尽一份力了……可叹国家不知何时才能转浊为清！"话未说完，刘朴便昏倒在地。第二天，疽发于背，大如斗。不久，便病逝了。当时其六十岁。

第二年，熹宗驾崩，思宗即位，铲除了阉党。刘朴长子向朝廷上书，替父鸣冤。经吏部尚书王永光复核属实，上奏思宗称赞刘朴道："纯忠戆直，品格高洁，弹劾不避权奸，丹诚唯知报国，应从优褒奖抚恤。"思宗下旨，追赠刘朴为太仆寺少卿。

刘朴虽死，但他的英风亮节永远被世人传颂。刘朴是明代莒州冢头村人。该村现在属于潍坊市安丘市石埠子镇，明清以及民国时该村属于莒州。

## 清者无畏

丁惟宁，字汝安、养静，号少滨，是明代莒州人，其祖籍现为日照五莲县叩官镇丁家楼子村。他自小聪颖，明嘉靖四十四年（1565 年），23 岁的他高中进士并走上仕途。他勤于政事，清廉为官。做官期间，曾任四川道监察御史、湖广郧襄兵备副使等职，但每次回家，随带行李，仅图书衣被而已。在他从御史位上辞职回家的时候，按照惯例，当地官府送给他 800 两银子，但他坚决不接受。

他秉公执法，不畏权贵。在任御史巡按直隶时，刚到任，就遇上了一个为非乡里的大土豪，因为是当朝宰相张居正的亲戚，没人敢动他。在公堂上，丁惟宁传来了数百个证人，使这个土豪不得不承认了罪行，并请求看在张居正的面子上饶恕他。按照法律，丁惟宁当场判处土豪死刑，并立即执行。土豪被处决了，百姓拍手称快，但丁惟宁也彻底得罪了张居正。原来此前丁惟宁早就与张居正有过节，对张居正来说，作为宰相，很多地方官员都去送礼拜见，唯独丁惟宁不去，想不到这次丁惟宁竟然把他的亲戚给杀了。心胸狭窄的张居正很快就罢了他的官。

别说宰相，丁惟宁甚至连皇帝都敢得罪。流传于五莲地区的一个民间故事就说明了他的这种性格。

五莲山上有座光明寺，是明朝皇帝下旨建造的，这里的和尚也是受皇上册封的。寺里的和尚依靠皇上作威作福，抢占百姓的土地、财产，当地官吏一点都不敢管。被逼无奈的老百姓只得找丁惟宁，请他做主。丁惟宁在朝堂上请皇帝下旨严惩。皇帝想包庇他们，犹豫了一会儿，只说了两个字："罢了。"

丁惟宁谢恩告退后，马不停蹄地赶回当地，一边令人挖出一道沟，一边抓来那几个和尚，将他们埋在地里只露出头。接着叫人牵着一头大黄牛拉着大钉齿耙走了过来……

处理了几个和尚，丁惟宁回去汇报情况，皇帝听得纳闷，我不是说"罢了"吗，怎么还给处理了？丁惟宁便把如何"耙"的过程前前后后讲了一遍，皇帝虽然知道这是丁惟宁故意搞的把戏，但也只能"罢了"。

丁惟宁被罢官后，虽然被再次起用，但终因厌恶明朝官场的黑暗而告老还乡，其实那时他刚过 40 岁。

告老还乡后，他一直过着俭朴的生活，很少跟外界接触。他在五莲九仙山建了间小屋，在他生命的最后十多年间，过着幸福的半隐居式的生活，直至 65 岁安静地辞世。在中国文学史上，有一个难解的疑团：《金瓶梅》的作者兰陵笑笑生到底是谁。据学者研究，兰陵笑笑生很可能就是丁惟宁。倘真如此，那这部对后世有巨大影响的伟大世情小说，就是他在隐居乡间时写成的。

当然，这部作品是不是他写的，很难定论。但丁家以朴素节俭传家却是绝对真实的。

丁惟宁以朴素传家，虽做过高官，但仍居草房，草屋年久破旧，不避风雨，直至实在没法居住了才进行维修翻盖，家人想借机把房子盖得稍微高大一些，栋梁已经架好了，他看到后，立即叫匠人截低房柱，家人问其原因，说："房屋豪华了，无法用节俭警示教育子孙！"此后丁氏家族绵延发展数百年，为官、为文在中国历史上产生一定影响的人物大有人在，这与丁氏家族崇廉尚俭、低调严正的家风是密不可分的。

## 廉吏表率

凛冽的北风中，一辆马车颠颠簸簸，朝南行去。留在苍茫驿道上的灰白车辙很快被黄沙枯叶淹没。

一路行来，天气越来越暖，卢钧的心情却越来越凉。跨过南岭，扑面而来的暖风更让他无所适从。广州近在眼前，可眼前的抉择让他心力交瘁。

广州刺史、御史大夫、岭南节度使，这是多少人梦寐以求的职位，卢钧却感到异常棘手。南海是外国人与中国人做生意的窗口，珍奇货物云集，小使伎俩，就会获利多多。可是如果这样，几十年来的廉洁之名岂不付诸东流！更要命的是：即便自己廉洁自律、一毫不取，又有谁能够相信呢？谁不知道市舶使是天下最肥的职位？

"何必这样难为自己呢？只要心底无私，问心无愧，上不负万岁重托，下不负天下苍生，就可以了。何必苦苦考虑世人的评价。再说万岁若不相信你，怎么会让你担任这么特殊的职位？"卢夫人安慰道。

"你懂什么？万岁如此安排，可能是对我的信任，也可能是对我的考验。更要命的是：我对监军人品和好恶毫不了解。"卢钧说。

"你不是一再自诩是宰相之才吗？这点小事就把你愁坏了，何谈宰相肚里能撑船？"卢夫人揶揄道。

"处理这件事，可比做宰相难多了，做宰相恰似做皇帝，好不好自有人歌功颂德。这件事就不同了，处理好了，则会扶摇直上；处理不好，则会身败名裂。这是最令我头疼的。"

卢钧无心欣赏岭南风光，放下窗帘，让车夫放慢速度，自己微合双目，苦苦思索。

"有了，有了，有绝好的办法了！"卢钧推醒打着瞌睡的夫人。

"说说看？"卢夫人依旧垂着眼帘。

"历来都是广州刺史兼任市舶使，所以刺史自然难保清名，我何不来个釜底抽薪，市舶使之职另请他人，岂不彻底解决了这个难题？"

卢夫人摇摇头说："这样做实在不高明，担任市舶使本来就是你的分内之事，你不担任，叫谁担任？再说，此地贸易非同小可，管理得好坏对国家和百姓影响巨大，如此重要的任务你怎能随便交给别人呢？再说交给别人之后，你怎么处理和他的关系呢？如果像控制下属那样控制着他，如果他有什么问题，你不是照样难逃干系吗？如果不对他加以控制，万一他胡作非为、横征暴敛你怎么办？"

"夫人所言极有道理，不过代我任市舶使的不是别人，而是监军。让他做市舶使，你看如何？"卢钧说。

"这样做，你认为有什么好处？"卢夫人反问道。

"监军是万岁身边的红人，可是他的为人我不太了解，如果他是贪财之辈，我清廉，他也捞不到油水，所以我越是清廉，他就有可能越是诋毁我。如果我把好处给了他，他必然高兴得屁颠屁颠，怎能不替我美言？如果他不是贪财之辈，自然能够把市场治理好，也不会歪曲事实诽谤我。所以无论如何，都对我应该是有利无害的。"

"你想得倒周全！可是你忘了最重要的一点：百姓和国家的利益。万一他是贪财之辈，岂不苦了百姓、害了国家？"

"那也不可怕，我这样做，还有一个最大的好处，我可以对他进行全面监控，如果他有问题，我一定不会放过他。即便他是贪财之辈，有了我的监控，他也不敢为所欲为。你说是吗？"

卢夫人微微一笑说："你考虑得倒也算周全。"

到达广州，卢钧果然"请监军领市舶使，己一不干预"。他的做法果然获得好评。有了卢钧的监督，监军做事公允，受到大家的一致好评。

卢钧历任颇多，政声一直颇佳，到了晚年，看淡仕途，辞职归隐，常常与亲戚旧友在城南别墅游玩，日子过得幸福坦然。

对卢钧的政绩，《旧唐书》如此评价："钧性仁恕，为政廉洁……践历中外，事功益茂。"卢钧，可为廉吏表率，永远值得世人学习。

生
命
之
光

## 沙漠玫瑰

17 岁，对任何人来说，都是一个美好的年华。然而对周飞来说，那却是一个让他一辈子都不会忘记的痛苦年龄。那一年，他上初三，本来非常健壮的身体却忽然垮了，几乎是在一夜之间他与"急性横贯性脊髓炎""高位截瘫""大小便失禁"这些可怕的词语联系在一起，正是热血青年的他忽然成了高位截瘫的残疾人，他怎么也接受不了这个事实。

患病起初，他根本不愿接受自己将要在床上度过余生的现实，他排斥接触任何人，甚至连房间的窗帘都整日拉着，生怕别人见到一个动弹不得的自己。曾经有老乡表示可以送给他一个轮椅，让他别再整天躺在床上，可是他却倔强地拒绝了，他坚信有一天，他能够站起来，像原来那样奔跑如飞。

一转眼，几年时间过去了，他却始终没法站起来。这些年，他一直拒绝轮椅，拒绝与任何朋友见面，整天只是独自躺在床上痛苦地梦想着有一天能够康复。在这些痛苦的日子里，他一直在思考、在反思，最后他想开了。

他认识到他之所以不愿出去见人，一个很重要的原因是担心别人的讥笑，在漫长的思索过程中，他渐渐想明白了，没人会因为残疾而看不起他，再说即便真有人看不起又有什么，自己都已经这样了，还怕什么别人的眼光，所以他决定只要还能睁眼喘口气，就得好好地活下去。于是在一个阳光明媚的上午，他坐在轮椅上，被父母推出了家门，也许是几年没出门的缘故吧，这次出门，让他对眼前看到的对别人来说也许非常一般的景色惊叹不已：清清的溪水，满地的青草，远山柔和的曲线……他开始接受了自己高位截瘫的现实，也开始慢慢为自己找寻人生的新方向。

虽然家境贫穷，虽然高位截瘫，他却想为家乡、为别人做一件实事。他知道自己所处的农村文化生活落后，他梦想为村民创办一个书屋，他没有钱买书，只能想办法向别人求书，他鼓起勇气，向笔友、电台、领导、驻华大使馆写信要书；在三个网站上写博客求书；向杂志社申请赠阅刊物；他和别人聊天时，也是三句话不离书，满脑子都是书；巧妙利用广播发布求书信息……他不管白天黑夜地写着、改着信，一封封书信发出去了，一篇篇文章被别人看到了。最终，他在家里创建山东日照首家以个人名字命名的书屋——周飞农家书屋，目前该书屋拥有6000多册藏书，所有图书全部来自社会对他的赠予。他书屋的借阅量已经超过10000人次，可以说实实在在地丰富了乡村人的精神生活，提高了本村和邻村村民的文化品位。

周飞除了建立农家书屋外，还慢慢开始学习写作，由于他只有初中文化水平，再加上他身体残疾，写作非常困难，但是他克服困难，从标点符号到用词都是一点一点地学习。他于 2010 年开始写自传体小说《轮椅上的飞翔》，为了能安心写作，他在冬日里抱着装满热水的玻璃瓶取暖，而因为胸部以下没有知觉，周飞的肚子、大腿上全被烫出了泡他也不知道。好在所有的努力都没有白费，就如凤凰涅槃一般，周飞终于写出了属于自己的书。这本书是人民出版社隆重推出的一套"中华自强励志书系"（共五本）中的一本，该书由台湾知名歌星郑智化作序，并且得到了我国知名作家赵德发、毕飞宇的强烈推荐，现已面向全国出版发行。

今年他才 35 岁，对于未来，他还有自己的无限追求……

## 斜中求正

从表哥开始练习书法，我就对他不看好。

表哥眼睛不好，斜视严重。听说表哥小的时候眼睛并不斜，因为一次打碎了家中的一只盘子，姑父知道后暴跳如雷，并打了他一巴掌，后来表哥的眼睛就斜视了。为了给表哥治疗眼睛，到过很多医院，花了很多钱，却一直不见好转，就放弃了治疗。

表哥学历很低，只上过五年的小学，但是非常善于钻研问题，是村里小有名气的"能人"。

姑家是山区，当地很多人家搞家庭养殖，但是，村里没有兽医，碰上家畜病了，治疗既不方便又花钱多。表哥就硬着头皮学习兽医，一开始在自家的家畜身上试验，结果还不错。后来，村里人渐渐地都知道表哥会给家畜看病，就都找他。表哥在实践中摸索，在学习中进步，水平越来越高，渐渐成为附近村里小有名气的兽医。

表哥有一位邻居是省书法协会会员。也许是为了帮助表哥，也许是看到表哥做事很用心，就建议表哥跟他学习书法。

表哥很高兴，一有空就去跟他学习。但是表哥一点书法基础也没有，学习起来非常困难，写出的字也不像样子。半年之后，我再去姑家的时候，他的笔画已经写得非常好看了。看着满屋子都是他练过字的纸，我就知道他下了不少功夫。

又过了半年，我去姑家的时候。表哥拿出他写的字让我看。这些字在间架结构、运笔构思等方面已经有一定水平了。但是从整体上看，还是缺乏美感，到底是什么原因呢？我仔细一看，顿时发现了问题，原来表哥写的字都是倾斜的。

我把这个问题告诉了表哥。

表哥却坚持说自己的字写得很端正。我就和表哥理论，两人各执一词，谁也不肯让步。后来，我恍然大悟，表哥的眼睛是斜的，在他看来，斜的就是正的。

后来，我暗地里想，要不是眼睛有问题，表哥也许能够把字写端正，可是眼睛这样，怎能把字写好？

三年之后的一个正月天，我和对象去看我姑。看见姑家的大门上挂着红彤彤的对联，对联上的字像是印刷的，又像不是。

我就问表哥对联是谁写的，表哥笑着说："还能是谁写的呀！当然是我呀。你看现在我写的字还歪着吗？"

表哥的字竟然写得这么好了，我非常吃惊。

吃饭的时候，表哥说，自从我和他理论过之后，他又找了好几个懂书法的人对自己的字进行指点，他们也都说他写的字不够端正。

明明自己看着是正的，为什么却是斜的呢？表哥认识到是自己眼睛的原因，表哥很苦恼，甚至想到了放弃。后来他想，自己看见是正的，别人看见是斜的，如果自己看见是斜的，别人看见不就是正的了吗！表哥为自己的这个想法兴奋了许久。

于是表哥有意识地把字写斜。但是想起来容易，做起来难。一开始练习的时候，倾斜的角度一直掌握不好，不是大了，就是小了。单个字倾斜角度有大有小，整幅字就变得东倒西歪，特别难看。

表哥还是不认输。后来他一边写，一边找别人帮忙看，慢慢地找感觉，于是他写的字越来越正，经过两年多的努力，他写的字已经端端正正了，总体书写水平在附近村里已经是首屈一指了。

现在表哥练字基本是在对子纸上练，这样做的好处是练完可以收藏起来，等春节临近的时候，可以拿出去当对联卖掉。因为表哥的字写得好，他写的对联在当地很受欢迎，每年光靠卖对联就有不错的收入。

"表哥，你真了不起！"听表哥讲述完练字经历，我不禁对他由衷敬佩。表哥也高兴地笑了。

对一个正常人来说，非常简单的一件事，对一个身体有残疾的人来说，也许就变得异常困难。但是只要有恒心、有毅力，很多事还是有解决办法的。表哥练习书法就是最好的例子。

表哥家中有十几亩山岭地，种地是表哥的主业，当兽医是表哥的副业，练习书法更多的是在忙完这些之后的一种精神追求。

表哥长得有些矮，再加上眼睛的问题，虽然接近50岁了，依旧单身，但表哥很乐观。由于长期从事农业劳动，表哥的皮肤被太阳晒得黝黑，但是表哥脸上的笑容却非常灿烂。

表哥说，他的作品已经多次进入县、市组织的书法展览并获奖，自己也成为市书法协会的会员了，今后他还会继续努力的，争取取得更大的成功。我想表哥一定会如愿以偿的。

## 雕刻苦难

我喜欢根雕，经常跟朋友们交流根雕信息。这日，朋友告诉我，附近村的一个小集市上有一个卖根雕的人，那人的根雕虽然多数不大，但非常精致，还特别有艺术性，朋友拿出几件作品让我欣赏。果然每一件都精致无比，让人爱不释手。

朋友告诉我，那人几乎每集都在花卉市场的路边卖根雕，如果喜欢，可以去看看，还提示我早一点去，因为他的东西很好卖，去晚了，怕是买不到了。

三天之后，是逢集的日子，我来到朋友说的那个路边，果然找到了他。他的面前摆着六件根雕作品，几乎每一件都是难得的艺术品，一问价格，并不贵，我决定讲一下价格买下来。

我抬头准备跟他讨价还价时，不禁大吃一惊，他的身边放着一根拐杖，一条腿小腿部位的裤管内空空的。我改变了跟他讲价的想法，而是与他攀谈起来。

他说，自己的身体本来挺好，22岁那年，在去上班的路上，遭遇车祸，残废了一条腿，截肢后在医院治疗了很长时间，后来，行走就离不开拐杖了。

刚刚残废的那几年，他异常消沉，整天待在家里无所事事。后来，他决定面对现实寻找生活的出路，因为残废了腿，多数的活没法干，他只能干那些主要靠手来完成的活。

一开始他在家中装配一次性打火机。这种打火机装配简单，很容易就能学会。一开始市场不错，后来由于使用这种打火机的人越来越少，销售起来越来越困难。

他转而学习绘画，他在上初中的时候，学过一段时间的绘画，有一点基础，后来，他的绘画水平虽说有了一定的提高，但是对一位缺乏专业学习的残疾人来说，单纯靠绘画打开市场实在太难。

他又转而学习书法，有了前几次的教训，他这次定位很明确，他并不奢望成为书法家，而主要是为了实用。等书写能力达到一定水平后，他一有时间就写对联，保存着，等着过春节的时候，拿出来卖。因为现在市场上的春联多数都是印刷的，手写的越来越少，所以有很多人喜欢，每年春节前，靠卖春联他能赚一些钱。

在练习书法的基础上，他又学习了根雕。他通过网络学习了一些基本的根雕知识，再加上有一定的绘画基础，他做根雕觉得很顺手。

做根雕的前提是有树根，他所在的社区靠近大山，再加上这些年大山搞开发，弄出不少树根，几乎家家户户都有很多，这些树根要是不做成根雕，就当成普通的柴草烧掉了，做成根雕之后，价值成千倍地增长。

有了树根，接着就是雕刻之前的设计，这很大程度上体现着做根雕者的水平。这时，他的绘画知识就派上了用场，因为有良好的绘画基础，他设计出来的东西，总体较有品位，做出的根雕也多数能卖出去，总体收入不错。

有好的树根是做出高质量根雕的前提。那些名贵树种的树根本身就很少，如果做出根雕，价格自然就贵。对于普通的树根，关键是形状，越是奇形怪状的越容易做成高质量的根雕。

要是在平原，找一个适合做根雕的树根很不容易，相反，在怪石嶙峋的山区，从石缝中挖出的树根，适合做根雕的，就非常多了。从另一个侧面来说，对树根来说，生长过程中遭遇到的磨难越多，以后就越容易成为珍贵的艺术品。

其实，这和人生有些相似，生活中我们可能会遭遇一些磨难，甚至因为受到各种各样的伤害而形成难以解开的心结。但是有一天，这些磨难和心结本身会变成生命中的风景。生命中遭遇的磨难越多，成就的风景就越是美丽。

听他这样一说，我猛然觉得他说的话非常有哲理，就想了解他的姓名与住址之类的具体情况，并写一篇关于他的报道。当我说出自己的想法后，想不到他却非常干脆地拒绝了。

"其实，我只是非常普通的一个人，就连遭遇的不幸也非常普通，又没有什么骄人业绩，作为一个普通人，我只想安安静静地自立自强地活着，不想引起太多人的注意。"他说。

面对他的选择，我除了尊重，还能怎样？不过，在我的心里，他的形象更加高大了。

从他手里买的那几件根雕，我一直放在家中的显眼位置，最让我喜欢的是一头负重前进的骆驼。那头骆驼是用一条长在石缝中的槐树根雕成的，看上去虽说行走得异常困难，但浑身洋溢着不屈的意志和旺盛的生命力。

不管生活多么困难，只要看到这头骆驼，我就不禁想起那位虽屡次遭遇失败却仍百折不挠的残疾人，身上仿佛顿时有了无穷的力量，对未来也就有了无限信心。

# 人生之药

## 中药里芳香

从上小学，我就开始给人开药方。

那是 20 世纪 80 年代初期，农村人上火牙疼的人特别多。但治疗牙疼，却没有很有效的办法。

我母亲就经常牙疼，疼起来，寝食难安，叫苦连天。每当此时，母亲就埋怨父亲无能，说要是爷爷在世，肯定轻而易举地就给她治好了，根本不用受这份罪。

我爷爷在世时是附近村里有名的中医，别说一般的病，就连很多难以治愈的痈疽恶疮也不在话下。

看母亲受这般折磨，再加上被母亲埋怨，要强的父亲就硬着头皮给母亲开方，父亲记忆力很好，但没上过一天学，想开方只能找人帮忙，于是正在读小学的我就承担起了这项重任。

起初我只给母亲开方，邻居们知道后，也找我开，渐渐地，大半个村子里的人都来开方。每当有人前来，父亲总是先询问病情，然后口述药名和分量，我则如实记录下来。

我发现对来人的病情，父亲问归问，开出的药方却基本一样。于是再有人来，往往父亲还没问清病情，我的药方就已经写好了。每当此时，病人总是夸我一番。

这天，又有病人前来开方，我开好后，父亲要我念一下，待我念完，父亲稍作犹豫说："吃吃看吧！不合适的话再来改方。"

病人走后，父亲立即问我怎么把陈皮开到药方里了，我这才认识到自己开错药了。

那一夜，我几乎没睡着，不知道病人吃下这开错的药会是什么结果。几天后，我在上学路上碰见那人，他拍着我的肩膀，高兴地说："你开的方真有效，我吃一副就好了！"

后来我才知道，那晚父亲和我说完就立即去了药铺，跟抓药的大夫说明了情况。

无论如何，母亲还是信赖中医的，但在西医盛行的年代，中医越来越少了。而在我们村几十里范围内，更是找不到一个像样的中医。于是每次生病，母亲都让父亲和我给她开药方。但父亲记住的药方毕竟有限，等我上初中时，母亲就让我照着爷爷留下的医书来开药方。那些书没有标点，再加上有很多繁体字和医学术语，我简直如读天书。即便这样，我还是给母亲和村里人治好了多次病。为此，母亲很是引以为豪。

如今母亲已近古稀之年，身体越来越差，病情严重时，依旧叫我从医书上找药方。我知道不懂医学却胡乱开方，是极为错误的，因此每次母亲叫我开方，我都劝母亲去医院治疗。可是母亲比我还固执，说绝不去医院浪费那钱。很多时候，我和母亲就这样僵持着，谁也不肯让步。

我知道，母亲对我是心存不满的。母亲希望我学中医，可是我却违背了她的意愿。即便现在，母亲还希望我能利用业余时间学习中医。母亲性格要强，什么事都不愿输给别人。多年来，我家在母亲的操持下，多数事情都办得可圈可点，唯独我的不争气让母亲颜面扫地。

我性格执拗，在人生大事小事上都固执己见，几乎从来不听母亲的。这些年，我越混越差，在母亲看来，那都是因为我在人生的十字路口选错了方向。母亲渴望我能够听她的，哪怕只有一次。但我觉得即便母亲的决定是正确的，让人到中年的我一切从头开始也是不现实的。

前些日子回家，母亲又在翻看爷爷留下的那箱医书。我已经好多年没动过那些书了，母亲在一直出神地翻看着，我也禁不住蹲下身来翻阅。

由于保管不善，那些薄如蝉翼的书纸已变得脆弱不堪。每一次翻动书页，都有无数细小的纸屑从书上掉落，屋子里也充满了淡淡的霉味。

当我拿起最底层的一卷书时，发现下面还压着的十几张有些泛黄的白纸，我这才想起，十几年前，母亲曾经让我把这些书重新抄写一遍，然而我仅仅弄了十几页就放弃了。

"多珍贵的书呀！祸害了，多可惜！"母亲一边翻书一边幽幽地说。

其实，我又何尝不知道这些书祸害了可惜呢？但连日常工作和基本生活都疲于应付的我，哪有时间和精力保护或学习它们呢？我禁不住长叹一声，眼泪也差点流了下来……

转念一想，其实时间还是有的，只要把这件事真正放在心上。这几年，我利用成熟的电子技术，把一本本泛黄的旧书制作成电子书籍，甚至还配上了音乐，这样就再也不用担心书籍因为老化而无法翻阅了。偶有空闲，我会让母亲欣赏我制作的电子书，母亲看着电子书，不停地问来问去，苍老的脸庞上露出了久违的笑容。

## 内心深处的坚守

父亲生病，我找人从外地开了药方。跟父亲说明情况后，父亲特地嘱咐我到东边村里的实在药铺抓药。实在药铺是大家的习惯叫法，药店已经经营了几十年，最初规模很小，甚至连个正式店名都没有。现在规模大了，也有了正式店名，但大家还是习惯这样叫。我们附近村里的人都对这家药店无比信任。

药店是一位老中医开的，店主人买药，也给人开药方，因为他开的药方多数是中药，并且疗效很好，附近村里，甚至几十里之外都有很多慕名前来看病、抓药的。

来到这家药店时，已是傍晚，店里没别的人，店主人正在独自看一本老版的医书，书名叫《医宗金鉴》。

看见我来，他急忙把书放到一边，然后看我的药方。看完后，他便问药方是从哪里弄的、给谁治疗什么病等问题，我跟他一一说明情况后，他表示这药方开得不错。

我问他为何要问这么仔细，他解释说要为拿出去的药负责，不管病人病情如何，就随便抓药是不符合规定的，更是不负责任的行为。

他说对我不熟，觉得我应该不是附近村里的人，问我为什么这个时间来拿药，我跟他解释了原因。虽说是邻村的人，我在县城上班居住，平日很少回家。接着我们就聊开了。

同样的药方，在不同的药店抓药，会有很大区别吗？

"当然有很大区别！"他跟我解释道。

原来同样一种药，质量不同，价格相差很大，有些药店为了获取尽量多的利润，就进最差的药，按最好的价格出售。一个药店，如果进的药多是质量差的，肯定会影响药的总体效力，很多本来能够治好的病，就治不好了。

还有另外一个问题，这主要体现在抓药的时候，因为一服中药各种药最后都是放在一起的，有些没良心的卖药人就故意把价格高的药给少放点，把价格低的药给多一点，这样药的总重量不变，但是却人为地改变了各种药的配比，同样影响药效。

听他这么一说，我不禁有些感到毛骨悚然，是呀，为了利润，人为地改变各味药的配比，这是多么可怕的事情呀。

"这么说，几乎任何一个病人，命运都掌握在买药人的手中呀！"我不无感慨地说。

那天，他对药很慢，也很仔细，顺便给我讲了一个村里以前发生的故事。

90多年前，村里有户人家，家里有不少地，算是个小地主，他的妻子脸上长了一个疔，论说这个疔并不严重，只要及时治疗不会有问题。可是因为开药的先生想叫他多吃些日子的药，自己好多赚些利润，就故意给他开的剂量低了些。本来那些剂量也是没有问题的，碰巧药店的老板也是这么想的，抓药的时候偷偷把主要的药给少放了一些，这样两次减少后，药效就差多了。后来，那人因为服药量太低而疔疮发作，医生急忙加大剂量，可是为时已晚。后来药店与医生都以为完全是自己的责任，医生与卖药地在一起聊天时，才知道了实情。

这事虽然只有很少的人知道，但是知道的人都觉得心有愧疚并异常难过，这也是他后来开药店时克服一切困难，坚守诚信经营的深层原因之一。

他为我对好药时，店里同时来了两个买药的。我付上药费，跟他打个招呼就离开了药店。

往回走的路上，我一直在思索并体会药店主人说的话。

很多时候，诚信体现在人与人的交往中，这样的诚信一般是能够让人直接感受到的。而有些时候，诚信体现在别人无法或者很难直接感受得到的个人坚守中，这样的诚信往往很难或者直接获得回报，更多地靠着当事人内心深处的坚定信念和操守维持着，所以弥足珍贵。但愿世上这种诚信会越来越多……

## 经营之道

在省城古玩店中，老张的诚信斋生意忒好。店如其名，诚信斋价格公道，绝无假货。

诚信斋的对面是老李的古泉斋，古泉斋也曾红极一时，但不久就冷清下来。眼看就要关门，老李就请老张到省城最好的酒家"金都大酒店"喝酒。

老李说："兄弟我就要完蛋了，看在咱兄弟多年的分上，你怎么也得帮我一把！"

老张说："你那店不是挺红火吗？"

老李说："红火，那是原来的事了，自从卖了几件假货被顾客找上门来，生意就越来越清淡了。"

老张呷了一口酒说："是啊！生意要长久，非诚信不可。现在搞收藏的多，真正懂的人却很少，把货卖出去，并非难事，想赢得回头客，就难了。"

老李连连点头："那是！那是！我也不想卖假货，可假货买来了，不卖怎么办？"

"是啊，干我们这一行的，哪天不和假货打交道？不过真碰上假货，除了销毁或当玩具卖掉，还真没别的办法。所以进货一定得谨慎，最好到偏远村镇逛逛，没准有意想不到的收获。这可是我的独门绝招了，除了兄弟你，我对谁都保密。"老张三杯酒下肚，话明显多了。

老李说："原来你有这等高招！这么重要的机密都告诉我，让我怎么感谢你好呢？"

老张说："看事要全面，眼光要长远，有财大家发，才能同兴旺。有你在，我们的古玩一条街才能名副其实，否则，只剩我自己，形不成规模，自然就没了效益。"

老李说："想不到老兄看问题如此全面、如此深刻，老弟是自叹不如啊！"

老张猛喝一杯说："你这么说，就让为兄过意不去了。"

老李说："老兄海量，再来几杯吧！"

于是他们连干数杯。

很快，老张满面红紫，两手哆嗦，明显喝多了。

离开酒店时，老李不得不用力搀扶着老张。

老张说："本来，今天我要到清和县进货，听朋友说，那里一户人家有几件祖传的东西要出手。今天高兴，喝多了，去不成了，你抓紧去买下来吧，别让别人抢走了。"

老李想，这个老张，平日那么有城府，想不到还有这种弱点，几杯酒就轻松拿下了。

下午，老李急匆匆赶到老李告诉他的那个地方。老远，老李就发现一位衣衫褴褛的老人守着一堆古董，在寒风中瑟瑟发抖。老李想，这下发财了。老李没看古董，先问老人的生平。老人抽噎了好一阵，说："祖上做高官，自己却养了个不肖之子，赌钱输光了所有家产，如今老伴又病了，不得不把家中流传了几百年的宝贝卖掉，真是家门不幸啊！"

老李兴奋地看地上的东西，果然像好货。刚想谈价钱，猛然发现了一只精致无比的鼻烟壶，老李一把抓起来，翻来覆去看了许久，最后确认一定是自己托人卖给老张那只。

原来，半年前，为了刺探老张的经营策略，老李曾费尽心机把几件仿古程度极高的东西卖给了老李。从此，老张派人盯住老李的店，想不到那几件东西竟然一件也没在诚信斋露面。老李迷惑了，这个老张！难道真舍得把那么多东西毁了。想不到这件东西竟然在这儿出现。

老李再也不敢掉以轻心，仔细鉴别，竟然发现所有的东西都是赝品。老李断定这位老人肯定是专门替老张卖赝品的。老李想不到老张竟然用这样的手段来迷惑人，更想不到老张会借着醉酒来迷惑自己。

老李断定：这才是诚信斋真正的经营秘诀。

意外的收获令老李兴奋不已，老李本想起身就走，转念一想，还是买几件东西吧，不然，老张会疑心的。于是一咬牙，把老人的多数东西都买了下来。

当晚，老张无比兴奋，心想："老李，你真傻，等着完蛋吧！"

令老张想不到的是，老李的古泉斋竟奇迹般渐渐兴隆起来，甚至要赶超自己的诚信斋。老张想：邪了门了，这个傻帽，从何方高人手里学来了何等高招，竟然能够起死回生！

## 独特秘诀

我们村有个油坊,油坊有近百年的历史,油坊虽然不大,却油价低廉,油品极好。在县城工作的我,每次回家一般都要去打些油带回去。这天回家,办完事,照例去打油。来到油坊时,油坊的主人老厉正在院子里仔细分拣着花生。

他分拣花生很仔细,很专业,仿佛一台机器,快速而高效地运转着。经过他分拣后的花生,粒粒饱满,没有一粒是发芽的,更没有霉变的。

那日没有风,冬日的阳光很温暖。我拿个马扎在他身边坐下,一边沐浴着暖暖的阳光,一边看他忙碌。

"你打油呀,我这就给你打!"老厉发现我坐到了他的身边,急忙说。

"没事,我不忙,你先忙你的,我顺便在这里晒晒太阳,和你说说话。"我急忙制止了他。

"你这样分拣多费工夫呀!有这个必要吗?"我问他。

"花生油的好坏,很大程度上与黄曲霉毒素的含量有关。霉变或发芽的花生可能含有黄曲霉毒素,这是一种致癌物质,如果分拣不过关,客户在食用时又操作不当的话,就会对身体造成危害,所以分拣是非常重要的,只有这样才能保证花生油不会有问题。"他说。

"分拣与不分拣的油,看上去有区别吗?"我问道。

"没有区别,除非经过科学化验,否则根本发现不了。"他解释说。

"那您这样做多费工夫呀!要是不分拣岂不既节约时间又节省花生?"我说。

"那怎能对得起客户?我刚才说了,其实,即便我不做任何分拣,客户单纯看食用油,也不会发现任何问题,但是我的良心过不去。做生意要想长久，除了产品质量，就是要讲信用。打油有很多环节，任何一个环节出了问题，都会影响到油的质量。所以无论是否有客户看到，每一个环节都毫不含糊。我家这油坊经营一百多年，要说有什么秘诀，唯一的秘诀就是诚信，有诚信才有质量，有质量才有客户，生意才能长久。"他停止分拣，抬起头说。

"是呀！这油坊从你老爷爷开始经营，一百多年来，一直经营得这么好，实在是不容易呀！"我说。

"哪里一直经营得很好呢！这一百多年，社会几经变迁，油坊也曾因为各种问题数次差点经营不下去，所以这油坊到了我的手里，我非常珍惜，我一定好好经营下去，否则对不起父老乡亲，也对不起我的长辈们。"接着，他长长地叹了一口气。

我问他为何叹气，他就跟我说起了自己刚接手经营油坊时的一件事。

那是20世纪80年代的事，那时整个食用油市场有些混乱，花生油价格偏低，或者说，要是正常经营，不但赚不到钱，而且会折本。油坊运转一段时间后，他觉得这样很难经营下去，就偷偷买了一些廉价油掺进了自己打的油中。大家很快就发现了油的质量问题，因为主要客户都是本村和附近村里的人，油坊掺假的问题很快被传得尽人皆知，于是来打油的人越来越少，最后油坊几乎要倒闭了。后来，他及时改正了错误做法，但是乡亲们已经很难信任他，很长一段时间，油坊经营相当困难。此后许多年，他采取多种措施，才慢慢重新获得了乡亲们的信任。其实，当时自己在油里掺假不过是几个月的时间，这几个月也没赚到多少钱，但是这给自己造成的直接和间接损失却是相当巨大的。

"所以，做生意最难的是获取客户的信任，失去信任很容易，重新获取信任却相当困难。我觉得做生意是这样，人与人之间的交往也是这样。"跟我讲完自己的这段经历，老厉不无感慨地说。

"是呀！"我点点头接着问道，"可是你这样做，油品质量是上去了，但是这么多花生被你淘汰了，你的效益怎样保证呢？"

"没事，这些花生浪费不了，我都是把当成肥料来使用了，我每年都要种十多亩大姜，大姜需要有机肥料，我把这些花生适当加工以后，就变成了最好的有机肥。因为用有机肥多，我生产的大姜比别人的长得好很多，质量也高，大姜价格也就上去了。所以油坊里的损失在大姜上都找回来了……"老厉笑着说。

百年油坊，秘诀是诚信。一个企业经营一个多世纪，这是多么难的事情，谁能想到秘诀竟然是如此简单。也许生活本是如此，很多时候，我们觉得生产、生活下去非常困难，只是因为没有找到本来很简单的核心秘诀。好在老厉家的油坊找到了，我不禁为老厉感到由衷的高兴。

那天，我在他的油坊坐了很久。我的身体沐浴在冬日温暖的阳光里，我的灵魂沉浸在油坊沁人心脾的幽香中，我的身心得到了透彻的放松，灵魂变得无比通透。

我相信，他的油坊一定会继续兴旺下去的……

### 清水流长

朋友王岳约我吃饭，席设清水流长。

清水流长因靠近沭水而得名，饭店虽然不大，却非常出名。在县城多如牛毛的酒店中，它之所以出名，不是因为它那很诗意的店名，而是因为饭菜价格奇高，是县城出了名的"三大贵"之一。

前几天，我们刚闹过矛盾，转眼又约我吃饭，还在清水流长，我实在不知道他葫芦里到底卖的是什么药。

我来到酒店的时候，已是晚上7点多钟，店前不大的空地上，停满了大大小小的车辆，店内人头攒动，飘荡着淡淡的饭菜清香，一看就是生意挺兴隆的样子。

饭菜贵，顾客还这么多，真是奇怪了！

朋友早已在店内等候。我们两个人喝了一会儿茶，菜就上来了。

四个菜，每样都非常精致，可谓色香味俱佳。难怪饭菜贵，这样的就餐环境，这样的饭菜质量，贵一些也是应该的，我一边吃一边想。

"觉得饭菜质量如何？"酒喝到一半，朋友问我。

"挺好！真的挺好！"

"这里饭菜的最大好处是吃着安全放心，用的油绝对是正宗的花生油，蔬菜也多是自己园子里生产的绿色食品！"

"能尝出来，和多数饭店的饭菜口感不一样！"我一边吃一边称赞。

"质量不错，价格也挺高吧！"过了一会儿，我还是忍不住地问道。

"不贵！一点都不贵！"朋友说。

"怎么不贵？这地方可是出了名的县城'三大贵'之一呀！"

"那是原来，现在已经不贵了。原来这个地方的消费群体主要是各个单位，饭菜虽然特别贵，生意却十分兴隆。普通百姓想在这里订个房间，人家都不愿意伺候，毕竟老百姓的消费水平低呀！这几年，公款吃喝的越来越少，饭店也倒闭了！"朋友喝了口水接着说，"现在饭店的名字虽然还是原来的，主人却变了。"

"你怎么如此了解情况？"我问。

"现在饭店的老板是我的一个朋友，他原来也是开饭店的，等清水流长倒闭后，他就整体买了下来，当时还征求我意见问是否改名，我觉得原来的名字就挺好，建议他沿用，现在饭店的饭菜价格下来了，服务态度却上去了，尤其是注重食品安全，坚决不用劣质油品。他虽然没怎么进行宣传，但凡是来吃过的人，都说好，口口相传，生意就好起来了。"朋友接着解释说。

听完朋友的话，我不禁思考，同一个酒店，为什么在一个人手中倒闭了，在另一个人手中却越来越红火？进而联想到我自己的小公司，最初我经营自行车，接着经营电动车，再后来开始经营轿车。前些年生意越来越好，而这几年，运转越来越困难，我只得靠不断贷款硬撑着。我觉得公司经营困难是大的经济形势造成的，只要挺过去这段时间，形势就会改变。

王岳却不这样认为，他认为公司出现了问题可能与我的经营方式有关。前些日子，我找他担保贷款，他拒绝了，为这事，我觉得他不够朋友。

"其实，我并不是不信任你，我担心的是万一你的经营方式有问题，我帮你贷款，就是让你在错误的道路上越走越远，那就不是帮你，而是害你。"王岳解释说。

是呀！其实如果不贷款，也并不是没有解决办法，只是我当时转不过这个弯来而已！我现在已经想通了，相信一切都会好起来的！

那晚，我跟王岳推心置腹地聊了很多，因为我认识到自己面对的是一个真正的朋友。


## 招　牌

"冯家金店"开业之后，生意非常兴隆。

这日，一位中年男子来到店里，拿出一把紫砂壶恳求冯淳帮忙修补。

这把紫砂壶做工精细，造型典雅，一看就是有历史的老物件。一问，果然已经有近百年历史，从祖上一代代传下来，不管到谁的手里，都宝贝得要命。前些日子不小心，把壶嘴碰掉了，同时在壶身上也留下了两处碰伤。

当他们谈妥价格后，冯淳叫中年男子三个月之后来取。

"三个月，时间太长！这是我父亲的心爱之物，他几乎一天都离不开这把壶。"那人说。

"可是我实在忙不过来呀，手头的活太多，并且我都是答应人家工期的！"冯淳说。

"求求您，一定在一个月之内把这把壶修好，这壶是父亲的心爱之物，而我的父亲又得了肺癌，是晚期，现在正在医院治疗。本来这病已经把我父亲折磨得够呛，我外甥不小心把这壶碰坏后，老爷子几乎不吃不喝，病情恶化迅速。是我说好了找您修补，并且安慰他说修好后，一定比原来还要好，老爷子才开始吃饭。倘若三个月，我担心老爷子坚持不了这么长时间。所以请您务必在一个月之内修好，至于价钱，我们可以再商量。"那人解释道。

听这人解释完，冯淳沉默了许久，最后还是点头答应了。

等那人离去，冯淳仔细盘点了一下这一个月必须完成的任务，不禁叹了一口气。

怎么会有这么多的活，这样下去，身体怎么能受得了！不过想到修复这把壶的特殊意义，他又仿佛觉得浑身充满了力量。

"爸爸！我看您每天都工作到12点之后，而起床又这么早，这怎么行！您年龄大了，不能再这样干了，况且现在咱不差钱！"这晚，儿子给送来一杯热好的牛奶说。

"我不困，再说，这不是钱不钱的事！你早休息吧！"冯淳一边打磨手中的金线一边说。

其实说归说，冯淳明显感到自己力不从心，忙过这一阵，说什么也不能继续这样下去了，因为这些日子他明显感到自己体力不支，更让自己揪心的是眼睛比原来又花了许多。金镶玉多数都是精细活，对眼睛要求非常高，所以他甚至把眼睛看得比生命还重要。

这晚他正在工作，忽然感到一阵头晕。这种一瞬而过的眩晕感从几个月前就开始了，他一直没怎么注意，虽然今晚的眩晕程度比以前重许多，他还是以为会很快就过去的。可是眩晕程度越来越重。等他决定采取措施的时候，已经站不起来了。他只得急忙打电话给儿子。

儿子及时赶到并把他送到了医院，检查发现他的血压上升严重，必须住院休息。在医院治疗一周后，他就不顾医生和家人的劝阻执意出院了。

出院后，冯淳处理完别的活后，就立即开始修补这个紫砂壶。

就在冯淳紧张地修补这个紫砂壶的时候，古城发生了一件大事，古城规模最大的金店之一金源金店因为造假问题被有关部门查封了。金店制假问题在古城百姓中反响很大，金店孙老板也被有关部门关押。

"这壶先不用修补了，我听说这壶是金源金店托人来弄的，听说我们手头的活，有不少都是他们金店的，他们这样做除了因为咱做得好，还想把你累垮，从而最终挤垮我们。"几日后，儿子冯军从外面回来，生气地说。

"你怎么知道的？"冯淳问儿子。

"金源金店被查封后，有个他们店的老师傅想来我们店工作，顺便和我说了这件事。真是太气人了！"冯军一边说一边捶打着红木茶几。

"其实，我也曾怀疑这件事，不过，我是被他的孝心打动了，虽然这孝心可能是虚假的，我实在不想让一位行将就木的老人失望。"冯淳叹了口气说。

说完，冯淳不再理会儿子，继续埋头干自己的活。

紫砂壶的修复如期完成了。他觉得，那是他多年来最得意的作品之一。

后来，一直没人来取那把紫砂壶。当初那人也没留下联系方式，于是只能把紫砂壶存放在金店里。

那把壶一直摆在冯家金店的显眼位置上，因为修补得实在太好，不管谁来金店，往往都鉴赏一会儿、赞美一番。如今，这把镶金的紫砂壶已经成为冯家金店的重要招牌之一。

第四辑

生存寓言

那些生命中
的柔软

## 柔软的文明

身为莒县人，看见家乡日新月异的变化，我总是控制不住内心的激动。尤其是整座城市文明程度的迅速提升，更是让我兴奋不已。生活在这样的城市，你会觉得很幸福。

那天，我和几位同事坐朋友的车去日照办事。轿车在公路上匀速行驶着，突然，朋友把车靠到路边并停了下来，他下车后走到车前，从雨刮器上小心翼翼地拿下一只蝴蝶。原来那只蝴蝶撞到了车窗玻璃上，并被雨刮器挂住了。朋友心疼地看了看蝴蝶，拨开路边的绿化灌木钻了进去，把蝴蝶放在一大簇绿草中间。我们都为他的做法而感动，却不明白他为什么要费那么大的劲把蝴蝶放到那里。待他回来，我们问他原因。他说，路边行人多，我怕它还没苏醒过来，就被调皮的孩子捉去了。我们不禁再次对他的做法感动。真想不到从外表看一个大大咧咧的男人，内心竟是如此柔软，做事竟会如此细致！那种对生命的敬畏与爱护，以及自然流露的文明修养让人肃然起敬。

在我们县城西边的柳青河畔，每年夏天，都有很多垂钓者，我喜欢到那边散步。这天，我看见一位垂钓的老人从水中拽出盛鱼的网兜，十几条白花花的鱼在兜中不停地摆动着身子。老人看了看，掂了掂分量，接着就把鱼倒回了水中。鱼们摆动着尾巴，迅速消失在清澈的河水中。"好不容易钓的，怎么舍得放了？"我问。"多年以来，钓鱼是我重要的生活乐趣。这几年我猛然觉得不该钓鱼，毕竟鱼儿也是有生命的！但我还是控制不住自己，所以我以这样的方式来娱乐自己。当然，这对那些被钓的鱼儿来说是一种伤害，但是，这种伤害对它们也有好处，以后它们一般不会轻易上钩了。"老人笑着说。释放与带走几条鱼，似乎是差别不大的事，然而一个人的文明修养却在这不大的差别中表现了出来。其实文明与野蛮的差别，很多时候也在转念之间。

每当想起上面那些令我感动的细节，我就会为几年前所犯下的一个错误而羞愧。那年春天，我和妻子领着孩子到住处附近的山上玩耍。一只鸟儿忽然从我身边的树丛里扑棱棱地飞走了，我出于好奇，走到鸟儿飞起的地方一看，在一棵矮树上有一个圆圆的鸟窝，里面有四颗可爱的鸟蛋。我突然就产生了把鸟蛋拿给孩子玩的想法，可又有些犹豫不决，就去征求在不远处玩耍的妻子的意见。妻子让我带她过去看看，待我们悄悄靠近鸟窝，我发现那只鸟又回到了窝里，而且异常美丽，就不假思索地伸手抓去，鸟儿迅速飞走了，一颗鸟蛋却被我弄破了。我拿起来一看，破碎的蛋壳里露出了一只即将孵化出来的小鸟，那个尚未成熟的小生命的两只眼睛高高凸起着，嘴巴尖尖的，嫩嫩的，一张一合着。我拿在手里，实在不知道怎么处理才好……我怀着强烈的自责心理，放弃了拿走其余鸟蛋的想法。后来，每当想起这事，我就担心那只受惊的鸟儿，不知它是否还有勇气继续进行孵化，如果没有，那我扼杀的就不仅仅是一个生命……后来我常想，如果当时我控制住了自己，也就不会犯下这让我的良心一直受到煎熬的过错。此后，每当内心的邪念蠢蠢欲动时，我就会立即想到那只被我弄破的鸟蛋。

我认为，如果用软硬度来衡量文明，那么文明一定是柔软的。每个人的内心都是柔软的，但它却时常以坚硬的姿态表现出来，于是我们就看到了那些背离文明的不和谐。其实出现这样的情况，当事人也一定会遭受良心上的折磨。所以在我们决定如何做一件事前，一定要慎重考虑一下。以敬畏的态度对待自然，以平等的态度对待每一个生命，就不会让自己在事后遭受良心上的折磨。一个人若能如此，其必然是一个令人尊重的有修养的人。每一个人若都能如此，整个社会的文明与和谐程度就会越来越高。


## 温暖的鸡尾尖

住处东南角有个卖鸡的小摊，摊主是一位三十岁左右的男子，那人为人活泛，幽默有趣，平日买鸡，我一般到他的摊上去。就要过年了，我去买鸡。他异常忙碌，有十多人在等待，也许怕大家着急，他一边拿着小砍刀"咔咔咔咔"地剁着鸡，一边抽空和顾客交流着。

"在这里过年，还是回老家呀？"他跟我打招呼。"年年都是回老家过年的。"我说。"回家过年热闹呀！"他说。我点头称是。

他剁鸡是从鸡尾尖开始的，交叉着两刀，就把鸡尾尖剁了下来，并顺手扔到桌子的边上。

"都说鸡的这部位不能吃，是真的吗？"我问道。"是呀！大多数人都这样说，所以我就把它去掉了。不过也不一定，据说南方有个生意人用很低的价格收购鸡尾尖，用来做烧烤，还发了大财，成了大老板呢！"他边忙碌边说。

前些年集市上还有人专门卖这个的呢，现在生活水平提高了，基本不见有卖的了。我说这话时，同时回想起一些童年往事。那时，家里虽然养着笨鸡，但不舍得吃。每到年关临近，父亲都是去集市上把养了一年的公鸡卖掉，换回一些过年的必需品。那年，父亲卖掉公鸡后，买回来一些鸡头、鸡架和鸡尾尖之类的东西。大年夜，母亲煮了一碗鸡尾尖，给我和父亲就着喝酒。说实话，我觉得鸡尾尖不怎么好吃，有些黏，还有一种很油腻的特殊味道。但我还是禁不住吃了一个又一个，最后几乎把一碗鸡尾尖吃没了。后来，母亲说本想制止我，不让我吃那么多的，但考虑到是大年夜，就没制止。

他在剁鸡，旁边一位接近70岁的老人帮他杀鸡、褪毛。那人很瘦，皮肤很粗糙，腰身稍有佝偻，但做事利索，速度很快。

"老人是你专门雇了帮忙的？"从回忆回到现实，我小声问道。"是他自己过来的。你不用那么小声，他耳朵背，我们这样说话，他根本听不见。"他说。

"别看他那么大岁数了，还一直在建筑工地当小工，这些日子天冷，工地停工了，一有空就过来帮忙，给他钱也不要，说自己闲着也是闲着，只要些鸡尾尖。"他说。

"那两只是我的吧！鸡头、鸡脖、鸡翅、鸡爪都不要了。"一位胖胖的中年人说。"鸡翅是只去掉翅梢还是全部剁掉？"卖鸡人问道。"是全部去掉，我们家都不喜欢啃那个。"那人回答。"这样的话，整只鸡就剩个圆油蛋子了。"卖鸡人笑着说。"对，我都是这样吃鸡的，剁下来了都送给这老人吧！"那人说。

"剁下来了的鸡头、鸡脖、鸡翅、鸡爪放在一起，再加上原来的鸡尾尖已经成了一小堆。这下够你吃的了！"卖鸡人大声地对老人说。

"我只要鸡尾尖，别的我不要！"老人急忙说。

"你就别客气了，人家是大老板，吃东西讲究，咱普通老百姓，吃点这个也行呀！现在我能忙过来了，你赶快回家吧！"卖鸡人把这些东西装好，递给老人说。

"谢谢！谢谢！明天我再来。"老人连声道谢。

老人的腿不好，走路很慢，还一歪一歪的。看着老人渐渐走远，卖鸡人对大家说："老人不容易呀！老伴身体不好，隔一段时间就需要住院治疗。喜欢喝点酒，只买那种最便宜的桶装酒，一开始我不知道他要鸡尾尖干什么，后来才知道他回去煮了当酒肴。明天，我送他两只鸡过年。"

这几天，一直刮西北风，非常寒冷。好在，鸡摊遮风，摊前还不太冷。天气预报说，气温很快就会回升。我想也该转暖了，毕竟，从节气上说，大寒已过，再有不到半个月就该立春了……


## 九层顶

在莒地农村，对办理后事异常重视。因为丧礼程序复杂严格，不专门学习的人是不会的，于是村里都有专门给人办理后事的固定群体。在这个群体中，大家分工明确，各司其职。"执事"是对整个事件全面安排、整体操控的人，具有最高的地位。其次就是"重客"，单从"重客"这个称呼上，就能知道他们的重要性了。

"重客"的任务有打圹、举重与下葬等，所谓打圹就是挖墓穴，举重就是把棺木抬出去。担任重客，既需要有技术，又需要有体力。重客的活是整个丧礼中非常重要的部分，所以人们都对"重客"给予最高礼遇，不管为谁家办后事，孝子们不但要用最好的饭菜伺候着，最后还要对"重客"磕头谢恩。

重客虽受人尊重，但毕竟与丧事打交道，很多人不愿意干，即便自己想干，家人难免也会反对。谢老四却没有这样的麻烦，谢老四一生孤身，不到40岁就开始独居，也就是从那时起，他就在村里当起了重客。

转眼间，四十多年过去了，谢老四已经80岁了，论说这个年龄已经不再适合当重客，但村里实在找不出技术更娴熟的人，再说谢老四的身体一直很棒，就一直继续干着。

这天，为一位老人办完后事，照例在其儿子家吃饭。酒过三巡，菜过五味，谢老四忽然大哭起来。

"莫哭，莫哭！谁都有这一天，早走了也算早解脱！"赵五安慰他道。

"谁怕死了！人这一生真快呀！转眼间，我已经当了40多年的重客了。如今，我的身体越来越差，怕以后就干不了这活了。我哭的是我这无儿无女的，等我死了，你们给我办完后事，谁照顾你们吃饭呀！"谢老四擦了把眼泪说。

"你放心吧！等你死了，我们就是饿着肚子也把你埋到土里！"李粮拍着谢老四的肩膀，笑着说。

"谢老四，你这发洋财了，还是吃错药了，弄这么一桌子好饭菜！"这年正月初，谢老四把村里经常当重客的十多个人招呼到了自己家中吃饭，看见桌子上的饭菜如此丰盛，人们吃惊地问。

"过了今年，我就81岁了，我感觉自己身体已经大不如前了，没准今年就是我的大限，死后我无法请大家喝酒，今天我把这酒提前请了！"谢老四泪眼扑簌地说。

"你又请酒是为啥呀！难不成又是为那事吧！你不是去年就请过了吗？"第二年正月，谢老四再次招呼大家喝酒时，大家不解地笑问。

"真没想到能活过这一年，我这是高兴的！这酒我宁愿请！"谢老四笑中带泪地说。

这些年谢老四的身体虽说一年不如一年，但每年都挺了过来，虽然大家一再拒绝，但是谢老四还是在每年正月坚持请酒，转眼间，谢老四已经连续请了9年的酒了，这年年底，已经89岁的谢老四最终还是没能听上新年的鞭炮声。

"谢老四虽然无儿无女，我们可是喝了他九次酒呀！你们说他的后事应该怎么办？"给谢老四办理后事时，执事问大家。

"还能怎么办呀！我们每一个环节都格外认真不就行了！"一位重客说。

"人可不能没有良心呀！你可是喝过人家九次酒呀！"执事生气地说。

"你说该怎么办？"大家齐声说。

"我想好了，给他打九层顶！"执事掷地有声地说。

那时的坟墓，坟顶多是由石灰与黏土按一定比例搅拌后，用特制的工具打制而成的，这种坟顶打制好了，非常结实，天长日久，会变得像石头一样坚硬。

一般人的坟顶只需两三个小时就打好了，为了给谢老四打制坟顶，大家轮流打了两天两夜才完工，人们都说那简直就是个传奇。

那座坟墓背靠山坡，多年之后，周围的泥土被流水不断冲蚀，坟顶就渐渐露了出来，那坟顶一层摞着一层，规整而坚硬，九层摞在一起，比一层楼还要高。

那九层坟顶啊，诉说着生命的不尽苍凉，也传送着人间的无限温馨。

## 老周的幸福

每年入冬，学校都能收到一笔10万元的捐款。这所地处乡下的高中，经费紧张，有了这笔捐款后，学生的冬天就过得温暖多了。

学校已经是第六次收到捐款了，因为每次捐款，捐款者都是直接把钱打到学校账户上的，很难知道捐款人到底是谁。今年李校长决定想办法找到那位神秘的捐款人，在多个部门的配合下，学校虽然费尽周折还是找到了捐款者。他是一位文具公司的老总，姓周，50岁左右，为人低调，待人接物很和蔼。

"据我所知，你的公司规模并不大，你每年坚持捐这么多，并且不求任何回报，实在令人敬佩！"这天，他们在一家小茶馆见面后，李校长说。

"是呀！这几乎是我一年的全部收入！你知道，我没有孩子，也用不了多少钱，如果不是担心在公司的员工再次就业会有困难，我甚至想卖掉企业，过我喜欢过的生活！"老周呷了口茶，慢悠悠地说。

提起孩子的问题，李校长不禁为老周感慨。本来，老周是有个儿子的，可是在儿子20岁那年，为救两个落水儿童而不幸被淹死了。当时老周的妻子已经不能生育，甚至有人悄悄建议他与妻子离婚再娶一个，也好再要个孩子，当时他很干脆地拒绝了，说，失去孩子已经让妻子痛不欲生了，若要让她再失去丈夫，让她情何以堪？

"现在企业之间的竞争也非常激烈呀！你完全可以把这些钱当成资

金，用于扩大企业的规模呀！"李校长过了好久才说。

"挣钱还有头吗？其实我之所以坚持捐款，也与我几年前到乡下的一次旅游有关，我在山间碰见了一对老年夫妻，他们常年住在山间，房子是用小石块垒起来的，很小，房子里有一盘土炕，天冷的时候，到外面拾些柴草烧一下，坐在炕上就很舒服，他们平日吃的是玉米、土豆，家里几乎没有一样值钱的东西。可是他们却过得很快乐，早上迎着朝阳出去干活，晚上又唱着歌回来，我甚至不明白，他们到底为什么这么快乐。我问他们，他们说，我们口渴了有山泉喝，饿了有饭吃，寂寞了可以到山上听听鸟语、闻闻花香，夏天推开窗子就会凉爽无比，冬天热乎乎的炕头胜过暖气，日子过得舒服极了！"老周介绍说。

他喝了口茶，接着说："那对夫妻，物质上并不富裕，但他们却由衷地感到幸福，这是因为他们对生活没有太多的欲求，我们在生活中感到很累很累，多数时候是因为欲求太多，而很多欲求是完全可以不要的。放弃不必要的欲求，奉献一点，人会更加幸福！"

李校长问老周是否打算给学生做一场报告，一方面让学生认识一下每年给自己捐款的人，另一方面让学生体会一下老周的幸福观。

老周很干脆地拒绝了，他说："首先我只是想多做点善事，根本没想张扬自己。其次，我这幸福观拿来讲给学生听，也不一定合适！"


## 掉 钱

国庆假期，县城里人潮涌动，各种店铺的促销宣传此起彼伏，各大单位门前的喜庆标语迎风招展。

行走在大街上，仿佛水流中的一片树叶。惠均喜欢这种被挟裹在人海里的感觉，而丈夫能陪自己和孩子逛街，也让她格外高兴。

他们先逛了一会儿商场，也没买什么东西，她买东西喜欢精挑细选，她怕丈夫失去耐心进而丢了好心情。她主动提出去广场看看，广场上举行车展，她知道丈夫喜欢看车，虽然她对名车既无研究也不喜欢。

广场上更加热闹，因为人太拥挤，她让丈夫去看车，自己和孩子找了个人少的角落玩。

"妈妈，这个小弟弟老是看我，他是不是饿了呀？"正吃着小饼的女儿忽然对惠均说。

惠均抬头看时，一个小男孩就出现在了她的面前。这孩子身子既黑又瘦，脑袋大大的，穿着很破旧，浑身脏兮兮的，难以猜出他的年龄，像八九岁，也似四五岁。

这个孩子，她很熟悉，前些日子她在广场锻炼身体时，每天都会碰见他，而离他不远处的长椅上，总会有一个躺着的女人，那是他的妈妈。

"是呀！他应该是饿了，你给他点吃吧！"惠均说。

"小弟弟，你吃吧！"女儿把吃了一半的小饼伸到小男孩面前。

"不吃！不吃！"小男孩抽了抽鼻子，一边说一边不住地摇着头，眼睛却死死地盯着那个小饼。

"为什么不吃呢？你不饿吗？"旁边的一位老太太问。

"吃吧！没事的。"惠均接着说。

"有毒！吃了就会被毒死！"小男孩语气生硬地说。

"胡说！才没有毒呢！你没看见我刚才还在吃呀！"女儿生气地说，为了证明确实没有毒，女儿甚至又咬了一小口吃了。

小男孩咽了一口唾沫，眼睛依旧盯着那个小饼。但是无论大家怎么说，他就是不吃。大家问他吃饭了吗，他说早晨喝的豆汁，吃的油条。

惠均不禁抬头看看天，秋日的天空湛蓝高远，万里无云，太阳虽已偏西，但依旧有些灼热，晒得人皮肤发烫。

"你妈妈怎么老是睡觉呀？"别人问他。

"妈妈晚上不睡，让我睡！所以白天妈妈得睡觉。"那个小男孩说。

接着大家议论起这对母子来，孩子说，他的爸爸去了很远很远的地方。看样子，孩子的母亲受不了打击，精神似乎失常了，已经连续在广场上睡了好几个月了。没人知道为什么她的亲人不来关心一下她，也没人知道他们靠什么维持生活，但他们的生活一定很艰难。

很多人想送那孩子一点吃的东西，可是无论怎么劝说孩子，孩子都不接受。看样子是孩子的妈妈早已教育好了。不断地有人围上来，也不断地有人叹息着离去。

不远处的长椅上，孩子的母亲一次次地翻动着身子。

"老太太，您掉钱了！"一位老太太转身离开时，惠均急忙提示道。

"这钱不是我掉的。"老太太回头看了看，摇摇头就走。

"是你掉的，我也看到了。"旁边有人跟着说。

"真不是我掉的！"老人摸了摸身上的口袋，很肯定地走了。

大家对老太太的行为感到不解，更不知道如何处理地上的 5 元钱。过了好久，大家才似有所悟，纷纷转身离去。

小男孩直直地盯着地上的钱。

由于某种原因，惠均已经一个多月没到广场上去了。当她再次来到广场时，已是初冬了。

她在广场上转了几圈，一直没有见到那对母子，这时正巧碰到了一位经常在广场上玩的老太太，当她问起那对母子的情况时，那位老太太说："他们已经离开这里十多天了，据说女的精神失常的毛病已经好多了，那女的是个孤儿，结婚后曾经有一个幸福的家庭，可是她的丈夫半年前以出差的名义离开家后，就不再与她联系，前些日子忽然收到丈夫寄给她的离婚协议书后，就精神失常了，天天带着孩子四处游荡。据说来广场前曾经在很多地方露宿过。不知从哪一天起，她的孩子不断捡到一些别人不小心掉到地上的钱，虽说不多，却足以让他们母子避免挨饿，一开始她也没在意，渐渐地，她知道是有些人在特意帮他们，这让她感到这个世界其实还有温暖，虽说她失去了丈夫的爱，但是还有许许多多的陌生人关心着她，于是精神失常的毛病渐渐好了。据说现在她已经跟丈夫离婚并找到了自己的工作。"

转过身，惠均强忍着才没让眼泪流下来。

也许，自己跟丈夫的离婚拉锯战也该结束了！

## 扁 担

李奶奶推开老赵家的院门后，立即听到一阵痛苦的呻吟声，那声音异常刺耳，虽说她的耳朵有些背，依旧听得清清楚楚。

她知道呻吟声是老赵发出来的。老赵今年已经 76 岁了，自从前年得了胃病，身体日渐虚弱，半年前，躺下后，便再也没能起来。

她在院门口，呆呆地站了片刻，又抬脚慢慢朝屋里走去。

"嫂子，你兄弟得病，帮不了人不说，还麻烦你天天挂牵着！"说这话的是老赵的媳妇巧华，"他比你小，叫你天天往这跑，真是不好意思！"

"这有什么不好意思的！我在家也是天天闲着，来看看我兄弟，是应该的。再说还能和你拉拉呱，不比我自己闷在家里强。"老李边说边把几个鸡蛋放到床边的提篮内。

"来就来吧！还带什么东西！我可真是过意不去了，天天吃你的鸡蛋，你兄弟怕是没有机会还你的这份人情了！"说这话时，巧华便开始拿起床边的手帕拭泪。

"可别说这样的丧气话！人吃五谷杂粮，谁没个头疼脑热的，我还等着我兄弟帮我劈木头呢！"李奶奶说，"我兄弟是好人呀！我家你哥哥身体不好那些年，我哪有力气劈木头，有多少次，只要我兄弟看见我在门口劈木头，就争着帮我劈！"

"借你吉言，但愿你兄弟能快些好起来！"巧华说。

"我看我兄弟气色不错，比昨天强，今天吃饭怎么样？"李奶奶在老赵床边坐下，仔细看了一会儿躺在床上的老赵说。

"还是那样！不敢让他吃东西，喝点水也会呕吐。我只能轻轻往他嘴上流上点水，润润嘴唇和嗓子。你看他比昨天强吗？我怎么觉得差多了？"巧华一边收拾地上的东西，一边说。

"你来了，就得麻烦你，我想着给他缝件贴身衣物，你帮我划线，我抽空好铰一下，做做。一辈子没穿够我做的衣服，我想叫他穿着我做的衣服走。穿在外面的衣服，我也想做，可是既没有时间去买布，又怕做不好。只能给他做件贴身衣服了。"巧华一边絮絮叨叨地说着，一边抹眼泪。

"你看你，又说丧气话。我兄弟身体很棒的，偶尔有点小毛病，根本不会有问题。你尽管放宽心。你要是确实想做，我就帮你。"李奶奶安慰巧华道。

李奶奶手巧，年轻时经常自己做鞋、做衣服，虽说没有正式当过裁缝，但是半边村子里的人家做衣服都喜欢找她帮忙。

但那是以前，最近这些年，李奶奶自己也不做衣服了，那件内衣，李奶奶费了近一个小时的时间才给划好。

"多亏了你来陪我，和你说说话，我才觉得时间过得快些。这世上真不知道谁会对你好呀！你几乎天天陪着我们，我那几个不孝顺的孩子，十天半月不见来一次，要是指着他们，我岂不孤独死了！"李奶奶走时，巧华送到大门口。李奶奶拐过弯，巧华还站在门口。

李奶奶来到自家门口，沉重地叹了口气。

李爷爷是两个月之前去世的，自从老伴去世，她异常害怕自己待在家中。很多时候，只要吃了饭，她就急呼呼地往外跑，坐在门口，看人。有些时候，她直到坐到太阳落山才进自家院子，要不是门口的那些扁担让她异常害怕，她可能还会坐到更晚。

看到扁担，她仿佛又看到重客们抬着丈夫的棺木往外走的情景。

村里的风俗，抬棺木用一套固定的扁担。那些扁担，已经用了上百年了，上百年来，全村的老人都是用那些扁担抬走的。岁月的磨砺和苦难的浸染已经让那些曾经透着淡黄色的普通的槐木扁担变得黑里透亮，每一根都闪着诡异的光。

那些扁担，谁也不愿意放在自己家，于是村里约定俗成，谁家老了人，用完了扁担就放在谁家，直到下一家有人老了才拿去。

"李奶奶！李奶奶！"那天天刚放亮，李奶奶家的大门就被李杰拍得山响。

"谁呀！什么事呀？"李奶奶起床后，来到院子中间警觉地问道。

"赵……赵三爷昨晚老了，村里……执事的担心你万一外出了，就不方便了，叫我们提前来拿扁担！"李杰结结巴巴地说。

"昨天还好好的！怎么说老就老了呢？"李奶奶急忙打开院门说。

"谁不说呢！说走就走了！"李杰和另外一个人边拿扁担边说。

"我可不用害怕了！"待到来人把扁担拿走，李奶奶长吁一口气，一屁股坐在了院子里。


## 谁欠教育

一到冬天，上小学的女儿总是一遍遍地问我，什么时候下雪，因为下雪的话她就可以玩堆雪人、打雪仗的游戏了。可是每个冬天的雪总是那么少，即便偶尔下点也小得可怜，星星点点的雪花往往还没落到地面就已经融化了。

这年冬天，终于盼来了一场像样的大雪，地上的雪足有30多厘米。我刚把女儿从睡梦中叫醒，她就嚷嚷着下去玩，好不容易哄她吃过早饭，她便急切地投入了大雪的怀抱之中。

这天正好是周末。下午，我和妻子、岳母带着女儿到城里玩，一开始我的心情还不错，可是很快就高兴不起来了，因为女儿不停地要这要那，只要女儿开口，岳母便要付钱，妻子也争着付，而这些东西多数都是可买可不买的。我试图制止女儿，可她就是不听。

我悄悄对妻子和岳母说："这孩子欠教育，你们这样做也不对，既浪费钱，又会惯坏孩子，从现在开始，我来付钱！"

从我开始付钱，情况就好多了，不管女儿要什么，我都和她进行一番辩论，结果多数以我的胜利而告终。

这时，有个卖气球的年轻人从我们面前走过，女儿问一个气球多少钱，他说5角钱，女儿说她想买一个，我说："天这么冷，拿个气球多不方便，再说，你不是喜欢玩雪吗，拿着气球就没法玩雪了！"

女儿调皮地说："你不会替我拿着吗？"

我说："如果我帮你拿着，那你买它干什么？"

"我回家再玩啊！"

"家里还有好多气球啊！"

"家中的气球都不好玩了，我喜欢这个气球！"

"胡说！家中的气球和这些大同小异！"

"姥姥！姥姥！帮我买个气球好吗！"看到我实在不好说话，女儿就开始想别的办法。岳母刚要掏钱，我急忙制止了她。女儿"哇"的一声哭了起来。女儿从很小就会这招，当别人不能满足她的要求时，张口就哭，想不到现在还这样，我真想狠狠地教训她一顿。

岳母急忙哄她说："好孩子，别哭！别哭！姥姥给你买。"

我生气地说："不行，越哭越不买！今天我非改改她的坏习惯不可！"

妻子瞪了我一眼说："平日也没见你教育孩子，天这么冷，倒教育起孩子来了！"

我本想狠狠地教训一顿女儿，转念一想，那样弄得岳母脸上也不好看，就妥协了，但我要求女儿绝对不能再随便要别的东西。女儿答应了。

当我们走到商场门口时，女儿拽了拽我的衣角说："爸爸！那位老爷爷太可怜了，我想给他几角钱！"

"可是我没有零钱啊！"我不假思索地说。

"不对啊！刚才我们从这儿经过的时候，你也说没有零钱，可是您买完气球后没再买别的东西，所以一定有5角零钱！"女儿瞪着亮晶晶的小眼，直直地盯着我。

"是吗？我再找找看！"我感到自己的脸一阵阵发烧，想不到女儿买气球是为了找点零钱给那位老人啊！其实，我当时有5角钱，我用它买了气球，现在真的没有了。

我特别注意了一下那位老人。他佝偻着脊背跪在雪地上，破旧的棉袄露着灰黑色的棉絮，胡须如乱草般蓬乱，看上去有七十多岁。他颤抖着又黑又瘦的手，不停地向路人磕头行礼，但面前的破旧茶缸里只有很少的一点零钱。

我想：要是在女儿向我要钱时，我能够认真看一眼那位老人，也许就不会那么随便地一再撒谎，可是我为什么连一眼都不看呢？

我翻遍了所有口袋，还是没能找到零钱，妻子看出了我的窘相，急忙拿出两元硬币给了女儿，与此同时，狠狠地瞪了我一眼说："我看你才欠教育呢！"

我羞愧无比，急忙去看女儿。还好，女儿应该不会听到她妈妈的话，因为这时她正拿着硬币，一蹦一跳地朝老人跑去……


## 粗老板寻玉

我喜欢写作，从小就梦想成为著作等身的大作家。然而理想越丰满，现实越骨感。实现理想困难重重，放弃梦想又不甘心。我在坚持与放弃之间煎熬，转眼已近知命之年。几十年来，写作几乎没给我带来什么好处，但有一次例外。

那时，我打工的公司受到一家省级媒体的关注，他们准备给老板做一期人物专访，要求公司出一份初稿。老板姓楚，标准的农民出身，只有小学学历。四十不到的年龄已经成为大老板，但为人处世依旧像农民。他有装修大气的办公室却很少在里面办公，身着工装与工人师傅们一起下车间是他的工作常态。说话办事土里土气，斗大的字不识一筐。大家都说这哪里像大老板，分明是大老粗，于是背后都叫他"粗老板"。

写材料老板肯定不行，单位也没有专门写材料的。当时我在公司干保洁。老板恭恭敬敬地把我请到他的办公室，问我能否帮他完成这项任务。我略加迟疑就接受了。老板让我在交稿前的一个月时间里，在他办公室安心写作。写得好的话，还会有额外奖励。

受此礼遇，我自然全力以赴。我全面采访，精心构思，殚精竭虑，数易其稿。稿子完成后，老板夸赞，记者满意。那家媒体稍作改动就发了出来。稿子反响很大，阅读量转眼破万，数家网站竞相转载。

老板很是高兴，几天后，在单位餐厅最好的房间请我喝酒。"老厉真厉害！搬砖头，俺不愁。叫俺写文章，打死俺，也憋不出来！"老板说。"老厉这水平绝对高，终有一天，您会成为大作家的。"公司副总接着说。"老厉真是高人，能写出这么好的文章！我上学时最愁的就是写作文！"在老板带头下，大家纷纷夸我。

"写作难，写出点名堂就更难了。缺少良好的发展环境使普通作者很难成功。我目前写作最大的难处就是缺少良好的写作条件。老板的事迹值得大力宣传，只要您给我几年时间，我绝对可以写出一部优秀的长篇报告文学。"轮到主宾位置上的我提酒时，我已经有些醉意了。

大家一开始面无表情，见老板微微点头后，纷纷附和。"对多数人来说，起步都是最难的，不知老板能否说一下您是如何赚得人生发展的第一桶金的？"再次提酒时，我忍不住问。据说这是老板的秘密，没人敢问他这件事。此前，我曾通过多种渠道向别人打听，大家都说不知道。

老板喝了一口酒，手捏酒杯底部慢慢搓转，过了好久才说："关于我的起步，其实不是什么不可告人的秘密，只是我不愿回忆那段经历而已。既然老厉很想知道，那我就说说。"

老板说："年轻时，我喜欢冒险，梦想一举成功，一次偶然的机会让我决定到新疆找玉。当时我买了辆二手车，简单准备之后，就驱车跨越四千多公里去新疆开始了漫长的寻玉之旅。野外寻玉危险而艰辛，我遭遇过沙尘暴，碰到过雪崩，经常迷失方向，多次被狼围困，数次差点饿死，屡次抛锚荒野，我一次次游走在生与死的边缘。我用两个多月和半条命换来一堆石头，等我遇上几位真正识玉的高手后，才知道那多是一般玉石甚至只是普通石头。当我能够识别美玉后，才知道找到能让我发财的美玉概率太低了。我一次次想放弃，一次次又坚持了下来。

最后一次死里逃生后，我决定放弃。返程路上，有一条紧靠悬崖的小路，那天我上路不久就被一堆塌方的沙石堵住了。我下车查看，塌方沙石应该曾被不少车辆碾压过，小心驾驶，应该能够过去。一番犹豫后，我决定清除掉这堆沙石，以方便自己和后来的采玉人，虽然我今生可能再也不会踏上这片土地。

这儿往来车辆很少，在我清除沙石的半天时间里，压根没有其他车辆经过。我甚至怀疑自己艰辛付出的意义，好在我还是坚持了下来。等到只剩最后一块石头、我准备把它弄下悬崖时，突然发现，那竟然是一块质量上乘的和田玉……"

那晚，老板讲讲停停，时而低头沉思，时而仰头叹息。我们都洗耳恭听，最后惊叹不已。

此后，我几次询问老板何时动笔写关于他的报告文学，他总说时机尚不成熟。

一次，我跟老板的几位老乡说起他新疆捡玉的事，他们都说，这家伙，藏得真深，怎么从没和我们说他去过新疆。转而又纷纷笑着说，我们真傻，怎么把你个写小说的随口编的故事当真了。

"没听说楚老板去过新疆。"后来，我打听过的人都这样说。再后来，我认识到，无论去没去过新疆，楚老板都不简单。


## 疼痛的成长

这次得病，让冯硕倍感人到中年的艰辛。咳嗽是从二十多天前开始的，虽时轻时重，但持续不断，每次咳嗽都伴有疼痛，尖利绵长，深入骨髓。

默默坚持，终会好转，他对自己的身体还是有信心的。以前身体上的意外状况，他多是靠独自硬撑解决的。要不这样还有更好的办法吗？譬如现在，如果让妻子知道，她一定会更加喋喋不休地逼自己戒烟的；

如果让同一车间的钱副主任知道，他一定会表面问长问短实际幸灾乐祸的……凡此种种，让他养成了独自面对痛苦的习惯。每次受伤都像一头孤独的狮王一样悄悄躲着大家。可是他不是狮子，更不是狮王，仅仅是社会底层的小蚂蚁。

这次生病，他之所以硬撑着，还有更直接的原因。他负责的项目即将进行中期考核，这段时间的工作至关重要；单位很快就要进行中层换届，项目经理老赵将退居二线，对经理位置虎视眈眈的大有人在，和自己竞争最激烈的老钱本就优秀，现在更是鼓足了干劲往前冲。自己身体健康全力拼搏都不一定能够胜出，何况身体上出问题呢？

这天，他正在查看工地，忽觉天旋地转，疼痛难忍，他努力支撑了许久还是晕倒在河滩上……同行人拨打 120 后，他被送进了医院。一番检查之后，他躺在了病床上，看着点滴节奏舒缓地流入血管，他感觉病痛减轻，浮躁的心也逐渐平稳。

以前他是那样害怕病倒，现在反而觉得轻松了，医生告诉他，至少需要治疗一周。倘不住院，这一周他有多少事关大局的工作需要做？有多少至关重要的关系需要处理？现在，都必须得放下了，他打电话，发微信，能汇报的汇报，能安排的安排，能推迟的推迟，能推辞的推辞，不好办的干脆不理……最让他遗憾的是三天后就要进行中层竞聘演讲了。现在病倒，等于主动放弃竞选。这可便宜了老钱那家伙！他恨恨地想。

医生查房，让他回忆是否吃过没煮熟的河虾、河蟹之类的东西，他表示否认。医生感到纳闷，让其仔细回忆，然后开始询问其他病号。

七天后，冯硕康复出院。那是一个秋高气爽的日子，重新顺畅地呼吸着新鲜空气，他感觉生活原来如此美好。因为特殊情况，单位原定的中层竞聘时间推迟了。因为唯一的孩子在两千里外工作并买房，钱副主任已经辞职并到孩子所在城市发展了。他猛然发觉自己面前的道路宽阔而平坦。

回想这次病倒的原因，他百感交集。一个月前，他和几位同事检查河堤摸石头缝隙时被一只河蟹夹住了手指，一时无法让河蟹松开铁钳，他一怒之下把蟹钳咬碎，甚至还把部分碎屑吞入腹中，于是病菌进入了他的体内。要不是医疗技术先进，这次暴怒可能就要了他的命。

住院期间，他想明白了一个问题，很多困境是自己浮躁的心态造成的。生活本来就是得失伴生的，出现不称意的事情不必过分较真。过度反应只会使自己更被动，只有平心静气地处理困境才能让生活更美好。年近五十才明白如此浅显的人生道理，虽然晚，但总比终生不悟要强得多。想到这里，他浑身充满了勇气和力量。

第二天，来到单位，见自己和钱副主任的办公桌都落满灰尘，他细细地擦拭消毒后，处理积攒下来的业务，等处理得差不多抬头休息，习惯性地想跟老钱聊几句天，见老钱位置只有空空的办公桌，不禁若有所失，就给他发了条微信："病得太不是时候，没能给老兄饯行，很遗憾！好怀念我们共事的美好时光，若有缘，我们还会成为亲密战友的。祝老兄鹏程万里，一切安好！"

好一会儿，老钱的回复才发过来："我知道那段河堤河蟹很多，那天见你在老板面前表现积极，就没及时提醒你。想不到对你造成这么大的伤害，得知老弟完全康复，才稍稍心安，真诚致歉！我离开，你在公司发展会更顺畅的。祝老弟身体健康，诸事顺意！"冯硕翻来覆去，把信息读了无数遍。

## 平　衡

接到南杉约我吃饭的电话，我有些纳闷。

南杉是全国著名的儿童教育专家，出过几十部儿童教育专著。我是一个写诗的，我们虽然在几次活动中见过面，但没有深交，早就听说他很有个性，一般人邀请他吃饭，都是婉言拒绝。今天怎么突然约我吃饭呢？

我们的见面地点是南杉的别墅。那座别墅距离县城 30 多里，建在一个山坳里，旁边是个不大不小的水库。从远处看，不显山不露水，走进别墅，才知道里面别有洞天，一进大门是个面积很大的花园，花园尽头是一幢造型别致的小楼。在无数古木奇石的点缀下，整座别墅古朴典雅。

"早就听说你的别墅布局讲究，今日得以一见，果然名不虚传！"在会客室落座后，我说。

"对很多地方我并不满意，有时间我还要重新布置！园林设计我一点都不懂，当时只是叫一位搞设计的朋友给随便弄的！"南杉说话很慢，但吐字清晰，显得说出来的话都是经过深思熟虑的。

"今天请你来，我主要想跟您学习一下诗歌创作方面的技巧，同时有几首习作想请您斧正，望不吝赐教！"寒暄过后，南杉直奔主题。

"您也写诗歌？以前我可从未听说呀！"我有些吃惊地问。

"是呀！刚刚起步，您别见笑！这些年写儿童教育作品，只是迫于生计而已！其实我骨子里还是喜欢诗歌的。现在我有条件了，可以追求自己喜欢的东西，干自己喜欢的事情了，不管写得好不好我都会坚持下去的！"南杉说，"我是个直爽的人，我也希望你能够实话实说，这对我今后发展有好处！"

客观地说，南杉的诗写得不算很好。但那晚我们交流得挺好，我委婉地提了一些意见和建议，给他讲了一下当今诗坛的发展趋势。南杉听得很认真，还不时做一些笔记。

"我看你到那天跟南杉一起吃饭的微信了，这么说你认识南杉！"几天后，诗友赵天询问我道。

"是呀！我认识，南杉对人挺热情，那天在他的别墅我们聊得很好！"我对赵天说。

"我想约南杉吃顿饭，不知道你能不能帮我介绍一下。"赵天小心翼翼地说。

"你约他吃饭？他肯定乐疯了，他正在学习写诗，苦于找不到人指导，那天他约我，我只得打肿脸充胖子，硬着头皮乱说一气！你这样的大诗人去找他，他可是求都求不来呀！隔天我给联系一下，我们一起去他的别墅！"我说。

赵天是我们这地方最出名的诗人，他的诗歌经常获得全国性的大奖，他在本市诗歌界更是毫无争议的大拿。诗人嘛，往往更有个性，赵天尤其如此，他几乎从来不参加朋友间的聚会。现在他竟然主动找南杉玩，这太令人感到意外了，他找南杉干什么？我同样捉摸不透。

那天，我们的聚会很融洽，他们二人仿佛多年不见的莫逆之交，他们一会儿聊诗歌，一会儿聊儿童教育，整个交流深入而真诚。

原来，赵天找南杉是想跟他学习如何撰写儿童教育类书籍的。

"你的诗写得多么好，怎么突然想到写儿童教育类文章？"等我们驱车离开南杉的别墅，我有些不解地问赵天。

"是呀！在诗歌写作方面，我可谓殚精竭虑，在诗歌界，也算有了一点所谓的名气，可是这些年我过的是什么日子呀！连老婆孩子都跟着我受苦！你看人家南杉，一本书就有好几十万的收益，哪里是我们能比的！"赵天说，"这些年，我走了不少弯路，现在我终于想明白了，人不能只生活在自己的精神世界里！"

赵天的生活很清苦，我们是知道的。赵天没有工作，整天闭门写作，家庭主要靠老婆在一家纸板厂打工的收入支撑着，作为赵天的朋友，我也曾多次劝他现实点，以前他只是口头答应，看来现在真是准备改变自己了。

回到家，打开电脑开始写作前，我习惯性地泡上一杯绿茶。在悠悠茶香里，我任由思绪飘飞。在人生征程上，南杉与赵天都在前进，他们都从不同程度上否定了从前的自己，如果他们转型顺利，都将超越从前的自己。但是把他们两个人走的路合在一起，怎么看都像一个圆圈，我不禁微笑。不过，转念一想，生活本来就是这样的，物质和精神，作为生活的两个端，哪一端都是无法离开的，每个人都在用自己的生命努力寻找这两端的平衡点。毕竟，让生命保持平衡，生活才能运转得更为顺畅。

## 聚 会

谁也没想到超然会成为那次聚会的焦点。

转眼间，大学毕业已经三十年了，这期间，关系好的同学也搞一些小规模的聚会，但是集体聚会一次也没搞过。

聚会在一家靠近母校的酒店举行。这次聚会的关键人物有三个，一个是副厅级干部王副市长，一个是身家千万的房地产老总张老板，一个是某名牌大学的著名博导刘教授。

宴会尚未正式开始，多数同学都在随意地聊着天。大家往往先和王副市长叙一阵旧情，后与张老板谈一会儿往事，再与刘教授打一下招呼。当这一切做完，多数人便开始有针对性地交流，当然交流的中心还是不外乎这几个人。

毕竟都已年过半百，大家聊着聊着，都不自觉地谈起几位没来的同学，在车祸中受伤的赵同学是个男生，长得白白净净，当年一和女生说话就脸红；据说被癌症折磨得不成样子的吴同学为人豪爽，喜欢抽烟，也爱喝酒，上大学期间就经常约同学一起喝酒；因为抑郁症而自杀的郑同学喜欢文学，他的文字抑郁而优美，经常有诗歌在各地报刊发表……

大家不禁议论一番，叹息一阵。

有位同学坐在大厅的角落几乎不跟任何同学交流，但是却显得从容镇静，气定神闲。"那是谁？"有同学悄悄地问。"不知道。"有同学答。也许同学们的议论引起了他的注意，他不再看墙上的字画，而是转身看着同学。

"能认出市长、老板和教授就行了，认不认出俺无所谓。"那人笑着说。

"说哪里话呢？同学聚会，没有市长，没有老板，也没有教授，只有同学。"那位同学说，"我想想，我一定能想起你来。"

"对了！你是超然，一定是超然！"那位同学高兴得哈哈大笑。

"你这家伙，这些年都在干什么？怎么也不跟同学联系？刚才很多同学还在议论你呢！"那个同学说。

"瞎混吧，不值一提！"超然说。

"肯定混得不错！你看你保养得，一看就比我们年轻十几岁！"那个同学说。

"哪里呀！哪里！"超然笑着说。

这两个同学的对话声引起所有同学的注意，大家的眼光一下聚集了过来。一看之下，大家真的异常惊讶，他身体健壮，皮肤闪着异样的光彩，脸上的表情是那样淡定坦然。

这时大家不禁去看别人，市长和老板虽然都是一头乌发，那明显是焗过油的，教授看似精神饱满，但是几乎没有一根黑发，其他同学的脸上也都挂着掩饰不住的沧桑。大家不禁从内心深处开始羡慕起他来，甚至有好几位保养得不错的女生问他是如何保养皮肤的。

他淡淡地笑着说："皮肤是表面，内心才是本质，内心的淡定与平和最重要。心态调节好了，身体自然会好。身体好了，皮肤能不好吗？如果内心调节不好，却想保养好皮肤，那岂不是本末倒置了！"

待到他说完，大家都暂时沉默了。

从上大学开始，超然就有点像他的名字，做事不紧不慢，遇事不争不抢，穿着普通，不事张扬，成绩平平，不突出，也不落后。可谓得之不喜，失之不忧，宠辱不惊，去留无意。他这特点，让很多同学看不起。

谁承想三十年过去了，数他活得滋润。

聚会结束，同学们都在悄悄议论、感慨，甚至怀疑起自己这一生的奔波是否有意义。

那次聚会我也去了，大学毕业后，我是唯一和超然经常联系的同学。大学毕业后，超然去了千里之外的一个小镇做橡胶生意，为人低调而内敛，目前正在支援非洲建设。这次聚会前，他曾和我说，因为项目进展正处于关键期，再加上路远，就不回国参加聚会了，所以让我代他向同学和老师们问好。

我知道，他有一个和他长得很像的小他十岁的弟弟在这个城市打工，并且混得一般。所以，我猜测，那个所谓的超然应该是他的弟弟，他肯定是知道哥哥的情况，而聚会又不用自己交钱，就顺便来混顿饭吃。


## 旅　游

"整天没别的事了，就知道扒拉个破手机！你干点正事不行吗？"妻子岚岚抢过强冬的手机一下扔到了沙发上。

"吃错药了？我看手机怎么啦！"躺在沙发上、正在虚拟世界遨游的强冬，一脸无辜地问怒气冲冲的妻子。

"我问你，今年国庆假期你有什么打算呀？难道咱就这样过去了！"妻子生气地问。

"不这样过，还怎么过？七天假期有多少事需要处理呀！琳琳只放三天假，等琳琳开学，你不又得不停地围着孩子转悠。这几天的假期中，我们至少得用一天时间到她奶奶与她姥姥家去一趟，得用一天时间购买一下家庭日用品，还得用一两天的时间辅导孩子，得用一天在单位值班，如果有时间我还想去看望一下一位年老的生意伙伴。难得闲这么一会儿，我看看手机怎么了？"强冬辩解道。

"哪来那么多破事情呀！就你忙，人家怎么就有时间外出旅游了！咱倒好，除了忙，还是忙！"妻子指着强冬的脸气愤地数落着。

"旅游！像我们这个岁数的谁有条件旅游呀！"

"人家没条件，我看也就你没条件，你没看到老张一家去黄山了，老来一家去乌镇了，老孙一家去北京了，看看老赵家，条件比我们强多少，人家直接去夏威夷了……"妻子一口气列举出这么多来，可把强冬惊得一愣一愣的。

"没话说了吧！他们的条件都比我们强？你与人家的差距不在于现实，而在于思想状态！"看见强冬不说话，妻子歇了一会儿，接着说。

强冬被妻子批评一顿之后，无精打采地倒在沙发上，实在不知说什么好。这时他的手机又不合时宜地"嘀嘀"响起来。

强冬站起来去拿手机，妻子再次一把抢了过去。

"还玩手机，像个孩子一样，玩手机都上瘾了！"妻子生气地说。

"别胡闹了，我有很多事需要干！"强冬解释说。

"你说，到底有什么重要的事？"妻子不依不饶。

"今天有好几位朋友需要投票，当初你评先进网上投票的时候，这些人都给我们投过，现在人家求咱给投票了，要是不给人家投，说得过去吗！"强冬说，"又是扫描二维码，又是点击关注，我操作又不熟，真的太烦人了！"

"是呀！你这一说我想起来了，当初支持我的姐们也有好多需要投票，自从我参加了那次网上投票，三个多月了，几乎每天都给人投票！"岚岚也拿起手机投起票来。

"他们外出旅游的事，你是怎么知道的？"强冬一边投票一边说。

"朋友圈呀！我都是通过朋友圈看到的。"岚岚说。

"不对呀！我觉得不对，前天我还看见过老赵，今天怎么不声不响地就去夏威夷了！"

"怎么不可能，现在交通发达，想到哪里，不是转眼之间的事。再说，人家去哪里，还得跟你通报一声！"岚岚说。

这时强冬忽然收到一条信用卡支出3000元的信息。

"这是怎么回事！"强冬大吃一惊。

"一定是你点击了不该点击的链接导致信息泄露了，叫你不要胡乱点击，你偏偏不听！这可怎么办才好！"岚岚大发雷霆。

这时，岚岚的手机也收到一条同样的信息。"我的信用卡也被扣钱了！"岚岚大吃一惊。

"我刚才通过扫描二维码，给上次给我投票的一个网友投票了，肯定是因为他，我别的没点！"岚岚说。

"是呀！我也是这样给人投票了！"强冬说。

"咱俩都不懂，快下去找人问问吧！"说完两口子就急匆匆地下楼了。

刚到小区门口，忽然碰见老赵和老孙结伴散步回来。

"你们！不是都出去旅游去了吗？"强冬大吃一惊。

"我说一定有信的，这不连邻居都信了！呵呵！那些照片都是从别人的朋友圈转来后处理的！"两人一边说，一边笑。

"你们两口子慌里慌张地干啥呀！不是急着赶飞机去旅游吧！"老孙问道。

"对！让你们猜对了……"强冬边说边拉着媳妇快速朝外跑去。

等他们跑出很远，老赵才看着他们的背影不无感慨地说："这两口子，日子真是越过越滋润了！……"


## 朝　活

叶蔷刚刚进入梦乡，楼上就传来了开门和关门声，叶蔷翻了个身，愤愤地骂了句，接着睡，可是怎么也无法再次入睡，因为楼上弄出的各种或大或小的声音，不住地刺激着她脆弱的神经，她禁不住又骂了几句更难听的话。

叶蔷有个毛病，那就是睡着后如果被人吵醒就很难再次入睡，可是自从她租住了这座房子后，楼上的那对夫妻似乎故意和她作对，每天都是这样，很早就弄出各种或大或小的声音，这让她非常生气。

她在床上辗转反侧了好久，才发现窗外透进一丝光亮来，叶蔷看看表，刚刚四点半。真是有病呀！起床这么早！叶蔷不禁又骂了句。

从被吵醒，她几乎没睡着，但叶蔷还是和往常一样，赖在床上直到10点多才起来，她洗过脸，还是觉得头昏脑胀，两个眼睛更是红得厉害。

中午出去买饭时，叶蔷碰巧看见楼上那对夫妻有说有笑地从楼下走上来，叶蔷非常生气地瞪了他们一眼，那对夫妻很不解地看了看她，照旧说笑着上楼去了。

叶蔷吃完饭，和朋友整整玩了一天，当她回到住处时，已经接近晚上11点了，不过她一点睡意都没有，她在12点之前很少睡觉，今夜她和几个朋友在舞厅跳过舞，朋友一直跳那种节奏很慢的舞，这让喜欢跳快节奏舞蹈的她玩得极不尽兴。回到家，她就打开音响，疯狂地跳起舞来。

她正跳得高兴，忽然响起了敲门声，现在这时候，谁来干什么？叶蕾通过猫眼一看，竟然是楼上那对夫妻，于是非常不高兴地开了门。

"请问您能不能把音响声音调得小一点？"那位女子小声说。

"请问我为什么要调得小一些呢？"叶蕾故意反问道。

"声音太大，影响了我们休息。"楼上的女子说。

"你们还知道受影响呀？那你怎么不想想每天早上4点就起床，会不会对别人造成影响呀！"说完，就"砰"的一声把门关上了。

生气归生气，叶蕾还是调低了音响的音量，12点多就收拾一下上床了，可是她仿佛刚刚合眼，楼上照旧响起了开门关门声。"受不了了！受不了了！我要想办法尽快离开这里。"

两个月之后的一天下午，叶蕾正在家中看电视，忽然看见本市电视台正在做一期访谈节目，而受访的人竟然是楼上的那对夫妻，叶蕾感到不可思议，她实在想象不出他们能有什么本事竟然被电视台采访，于是好奇地看了起来。

原来他们夫妻二人都是作家，今年竟然各自出了一部很有水平的长篇小说。

"听说你们都是普通的上班族，并且工作时间很紧，哪有时间写作呀？"主持人问道。

"我们都是在清晨写作，我们很少看电视，一直坚持早睡早起，一年四季每天4点准时起床，活动一个小时，5点开始写作，6点半左右开始做饭，并为一天的生活做好准备，然后去上班！对很多人来说，去上班是一天的开始。可是我们却觉得上班之前那段时间是一天中最重要的时间，或者说，上班之前我们已经把一天中最重要的事情基本做完了！"那位女子说。

"这么说你们是典型的'朝活族'了！"主持人说。

"也可以这么说吧！'朝活族'虽然是个新名词，但其实我们已经'朝活'了许多年了！"那位男子说。

叶蔷想不到这对看起来年龄比自己大不了多少的夫妻，竟然取得了如此惊人的成绩，而自己正好相反，每天在近乎疯狂的夜生活中，耗费了太多的青春和精力。

几天后的一个上午，叶蔷出门时正好碰上了那对夫妻，她非常热情地向他们打了个招呼，并真诚地说："祝贺你们！年纪轻轻就成了作家，以前影响了你们，真诚地向你们道歉！"

"不！其实应该道歉的是我们！我们起床早，虽然尽量少弄出声音，但还是影响了你，今后我们一定会更加注意！"楼上的女子说。

"不，不用，你们以前确实影响了我，但是以后再也不会影响到我了！"叶蔷急忙说。

"怎么了？难道你要搬走？"

叶蔷说："有你们这么好的邻居，我怎么舍得搬走呢？自从看了那期节目，知道了你们非常了不起的成就后，我就决定改变自己，我要彻底和过去的生活方式说再见，不做'夜活族'了，我也要做个健康有为的'朝活族'！"

# 生存寓言

## 虫与船

大海上有一条木船，木船上有一堆木头，木头上有两条小虫子。虫子虽小，但繁殖很快，迅速形成两大群体。

虫子多，木头少，双方难免磕磕碰碰，最终酿成第一次大规模的战争。

它们集中全力殊死拼杀，因为势均力敌，所以一时难以分出胜负，直至双方都伤亡过半，它们才不得不停止战争，而食物紧张的局面也得到了暂时缓解。

这场战争使双方都认识到虫多势众的意义，于是都拼命繁殖。食物紧张的局面很快再次发生，第二次大规模的战争也就在所难免了。

因为双方都有战争经验，所以准备充分，它们甚至还约定了一些规则，战争方式文明了许多。这场战争打得旷日持久，双方元气大伤，都不希望再打下去，可是不打又没别的办法，战争便艰难而痛苦地进行着。

"再打下去，谁也得不到好处，不如各自选出最健壮的十位勇士，进行最后一次决战，胜了的，拥有这堆木头，输了的，离开这儿，自寻出路。”

虫们为这位智者的聪明建议而喝彩，它的建议很快得到一致同意。

被选中的勇士们都认识到自己肩负的重任，奋不顾身，全力拼杀，战争打得异常惨烈，直到一方勇士全部阵亡才告结束。

失败者知道自己再也无力反击，不得不离开木头，四处流浪。胜利者为即将到来的幸福生活而狂欢。

失败者垂头丧气，四处寻找食物，可是整条船上除了这堆木头，实在找不到其他东西可吃。几天后，饿得瘦骨嶙峋，它们看着木头垂涎欲滴，却又不敢靠近，只能啃点木船聊以充饥，而木船所用木头太难吃了，它们大量死亡，活下来的也瘦弱不堪。

不久，木船装上了一大批新木头。失败者迅速赶来，胜利者也迅速赶来，一场新的战争又要开始了，可是失败者很快发现，自己的实力与胜利者差距太大，不用打，胜负就已经分明。于是只得悻悻地爬走，再也不敢出来。

很久以后，胜利者靠着得天独厚的条件迅速繁殖，已经占据了绝对优势。失败者也基本适应了难吃的木头，渐渐兴旺起来。

可是，因为过量繁殖，船体被严重破坏，甚至出现了轻微渗水的情况。胜利者和失败者都认识到了形势的严峻，胜利者谴责失败者不该吃船身，更不该过量繁殖。

失败者说：“我们也不想吃船身，可是不吃船，我们吃什么？你们如果能够和我们分享木头，我们就不吃船了。”胜利者说：“木头是我们的，你们想吃，那可能吗？”

木船渗水越来越严重，它们的争吵也越来越严重。

胜利者警告：“不采取措施，你们就完了，反正你们首先被淹死。”

失败者求救：“让一部分木头给我们吧，否则，我们有什么办法？总不能让我们活活饿死吧？”

胜利者当然不肯让步，失败者当然也不愿饿死。于是胜利者依旧吃木头，失败者依旧啃木船。胜利者依旧生活得很幸福，失败者依旧生活得很艰难。

最后，木船被吃透，整条船都沉没在大海里。


## 野羊黄黄

黄黄是一只小野羊，他生活在辽阔的非洲草原上。

草原很广阔，草原也很优美，但黄黄几乎没有时间欣赏。出生这半年多来，他觉得自己的生活除了吃饭，就是奔跑。

对于吃饭，他很了解，不吃饭肚子饿呀。对于奔跑，他就不那么感冒了，他当然知道自己会面临各种危险，但是也不至于非得整天奔跑个不停呀。

他觉得作为一只羊，应该有自己的生活。

这天，他正在吃草，忽然羊们都撒腿就跑，他也立即跟着跑了起来，等他们一起跑出老远，才停下，回过头来观察到底发生了什么情况，结果什么情况也没有发现。

大家都觉得非常生气，黄黄觉得更加生气。

就在大家正生气的时候，群里的羊们再次疯狂奔跑起来。黄黄一动也不动，而是快速观察了一下周围的情况，根本没发现任何危险，他轻蔑地笑了笑，然后慢悠悠地朝前走去。

有了这次的经验，黄黄以后再也不这样盲从地跟在大家的后面奔跑了，每次发生意外总是首先观察一番，然后决定是否采取行动。

这天，他正在吃草，群羊们忽然又拼命奔跑起来，黄黄仔细观察一番，什么情况也没有，于是照旧很惬意地吃起草来，就在他低头吃草的瞬间，一只大狮子朝自己扑来，他急忙撒腿就跑，大狮子当然紧追不舍。

以前黄黄很为自己的奔跑速度感到骄傲，可是现在他感觉自己跑得太慢了，一直没法把狮子甩掉。就在他感到筋疲力尽的时候，狮子也突然不再追赶自己了，他停下来，他发现是一头大象甩着长鼻子把狮子赶跑了，他一下瘫倒在草地上，要不是大象及时赶来，自己非得被狮子吃掉不可。

自从发生了这件事之后，黄黄再也不敢恣意妄为了，只要群里有羊羊开始奔跑，他总是立即跟上。

生活中风险无处不在，如果不能真正掌控并了解全局，那么宁愿相信风险存在并竭力规避风险，也别盲目自信地认为没有风险，否则可能吃大亏。


## 头羊的烦恼

出生半年之后，壮壮已经长得异常壮硕了。与同龄的羊羔们相比，他比任何一个都要高出一截，当然，体重也比他们之中的任何一个都要重许多。

壮壮异常有力气，同龄的任何一只羊同他打架，他都能轻而易举地打败对方。也就是从那个时候起，壮壮发誓要当一只头羊。

要想做一只头羊，可不容易，做头羊的前提是首先打败现在的头羊。这是羊群内的基本规则，如果没有别的羊打败原来的头羊，那头羊就一直是头羊。

现在的头羊叫大黑，大黑是一只异常凶猛的羊，凭着他锋利的羊角，他不但能够打败群内所有的成年公羊，而且有数次打败了前来挑衅的灰狼。

大黑去年才成为头羊，正是身强力壮的时候，要想打败他，谈何容易。

当然，壮壮也不是吃素的。自从发誓要做头羊，他就不停地练习打架的本领，通过和同伴们的练习，他的水平越来越高。壮壮同样是个有心人，日常生活中，他一有空就观察大黑的行为，暗暗分析大黑的弱点。

当他觉得自己的水平足以战胜大黑的时候，壮壮向大黑发起了挑战。本来，壮壮做好了打一场硬仗的准备，想不到他却轻而易举地就把大黑打败了。看来，大黑确实老了。打败大黑之后的壮壮轻而易举地坐上了头羊的交椅。

做上头羊之后，壮壮才知道做头羊不是件容易的事，因为大家都跟着他行动。他不但要带领大家避开风险，还要带领大家到水草丰美的地方。

可是这些自己一概不知。

有一只很不起眼的瘦小无比的小羊知道这些，羊们也很快知道了这样的事实，于是大家不是跟着壮壮行动，而是自然而然地跟着那只瘦小的小羊，壮壮有好几次恨不得一角把他顶死，但是自己也觉得实在离不开他呀！

随着时间的推移，他发现自己需要学习的东西太多太多，壮壮觉得自己的头羊做得好憋屈。终于，他决定做一只好的领头羊。于是扑下身子开始学习……

很多时候，创业与守业需要不同的技能，对任何人来说，倘若不能做到全面发展，就需要不断学习，否则，即便获得一些名誉和地位，也很难真正把自己该做的工作做好。

## 领 地

这是一棵粗壮的大树，树上有两窝蚂蚁。

这两窝蚂蚁的品种一样，性格也相近，数量也是大体相当。

这两窝蚂蚁都是好斗型的，它们为了保护自己的领地会不惜一切代价。一般情况下，一棵树上只能有一窝蚂蚁，那是因为如果有两窝，他们一定拼个你死我活，哪怕付出再大的代价也要把另一窝赶尽杀绝。

可是，因为这两窝蚂蚁数量上真的不相上下，要想在短期内取胜，谁都有难度。于是他们除了维持正常的生活，剩余的精力全部用来打架。

这场架打得旷日持久，经过两个多月的战斗，其中一窝终于取得了胜利，可是这窝原本有上万只蚂蚁的蚁群只有不到十只了。

"我们终于取得胜利了，这是一件值得纪念的大事，以后这棵大树就属于我们的了。"这天，蚁后对小蚂蚁们讲话说。小蚂蚁听到后，都高兴地欢呼起来。

除了这窝蚂蚁，树上还有一窝喜鹊花花一家，花花几年前就在这棵树上筑巢，几年下来，喜鹊的巢已经又大又结实了。这天，又有一对灰喜鹊看上了这棵树，他们想在这棵树的另一个枝上筑巢，花花一家当然不会答应，立即合力对灰喜鹊一家展开攻击，花花很快就占据了上风，灰灰一家只能落荒而逃，灰灰一家很无奈地在不远处的一棵小树上筑巢。

这棵大树下面有一个很大的树洞，树洞里住着一窝狐狸。因为这个树洞足够宽敞，足够深，能够容纳很多狐狸生活，他们一家就愉快地在树洞里生活着，当然也有不少别的狐狸和其他动物觊觎这个树洞，他们都轻而易举地把那些家伙赶走了。

这天，阳光温暖，狐狸一家无事可做，都在树下晒太阳。我们人丁兴旺，这块领地彻底属于我们了，方圆一里之内没有一只狐狸敢踏进半步！

"谁说是你们的，这是我们的！"蚂蚁们大声地吼叫着，可是不管他们发出多么大的声音，狐狸们都一理不理，蚂蚁们有些受伤。

"这领地是我们的！你们胆敢再胡言乱语，我可对你们不客气！"花花俯冲下去，朝一只狐狸啄去，狐狸虽然不服气，但也不敢同那只喜鹊打斗，只得急忙向洞里躲闪，嘴里还不停地说着："这领地就是我们的！是我们的！"

就在他们吵得不可开交的时候，一位须发斑白的老人领着一队伐木工人来到了树下，指了指这棵树，示意他们把这棵树砍掉。

"这棵树多好呀！你舍得杀掉？"一位工人问道。

"这棵树是我爷爷的爷爷栽下的，要不是即将有一条铁路从这里通过，我才不舍得砍呢！"那位老人说着擦了一把眼泪。

老人说完，工人们便开始行动了。

狐狸们吓得从洞里仓皇出逃，喜鹊在天上一边叫一边盘旋，实在不知道怎么办才好。蚂蚁们根本不知道要发生什么，依旧在辛勤地劳作着……


## 泥 土

泥泥是山野里的一点泥土，多少年来，他一直老老实实地待在一棵松树下面。

外面的世界变化很快，但这一切都似乎与泥泥无关，他只能默默地待在树下。

不知从什么时候开始，山上的花草树木越来越多，山上的来人也越来越多。这日，忽然有几位游客停在了这棵松树的地下，然后开始拨拉树下的泥土。

"真好！这土真好！弄回家栽花一定很好！"说着，那人就拿起一个袋子，开始往袋子里装土。

"一定要把我弄进去！快点呀！"这样想时，他已经被捧入了袋子之中，那是一双多么白嫩的手呀，能被一双这样的手捧在手中，泥泥觉得幸福极了。

很快，泥泥被带到了车上，车子呼啸着往城里开去。当他被从车里带出来的时候，他对繁华无比的街市惊叹无比。

"城里真好呀！我今后就要在城里生活了！"泥泥兴奋地说。

"看把你兴奋的，你能不能让我睡一会儿呀！"和泥泥挨在一起的一粒小沙粒说。

"你也配跟我说话！你怎么也被带到这里来了，一粒沙子，有什么好稀罕的，你是沾了我的光才被带到这里来的，你不知感恩也就罢了，竟然还和我这样说话！"泥泥生气地说。

"可不能这么刻薄，既然大家一起来到这里，是我们大家在一起才讨人喜欢的，可不能说谁沾谁的光！"一块没有烂透的小树枝说。

"你不就是一块烂树枝吗！城里能缺一段烂树枝！难怪你偏袒他，因为你们是一路货色！"泥泥反唇相讥。

"既然在一起，大家都是朋友，朋友之间应该和谐相处、平等相处，还是不要争吵为好！"一个小石子说。

看见大家都不向着自己，泥泥虽然不再说话，但是心里却依旧不服气。

他们被带到一个漂亮的阳台上，那人拿出一个精致无比的花盆，然后开始弄这些泥土。

"真好呀！真是太好了！有了你们，我的花一定能够开得又大又鲜艳！"那人赞美道。

"是呀！是呀！"泥泥兴奋地说。为了表现自己，泥泥兴奋地蹿到那人的手上，让其充分感受自己，最后牢牢地待在了那人的手上。

当那人把花栽好，泥泥还在那人手上，他觉得自己从未有那样的荣耀。

"这土好是好，就是有些脏！"最后，那人打开水龙头，把手伸了过去，泥泥还没反应过来，就被流水冲入了又脏又臭又黑的下水道。

对个体来说，只有在群体之中，才能充分发挥作用、实现自身价值。即便是优秀的，也不能离开群体，否则，很有可能被当成无用的废物处理掉。


## 恋爱的小京巴

京京是一只可爱的小京巴。他的毛发又长又柔顺，他的眼睛圆溜溜的，非常有精神，不管谁见了都会非常喜欢。

京京知道人们喜欢他，因此觉得非常得意。每当有人逗弄他玩的时候，他会做出各种撒娇的动作，他还会用两条后腿像人一样站立行走，每当他站立行走的时候，他的主人会把一只手放到他的面前，他这时立即把一只前脚放到主人的手中，做出握手的动作，主人这时往往都会眉开眼笑。

主人喜欢他，经常抱着他，几乎走到哪里都要带着他，他觉得很荣耀。

主人所在的小区里，京京是唯一的京巴狗。除了京京街上跑的、路边趴的别的狗狗都是一些普通的狗狗，他们的毛发没自己漂亮，体形也没自己好看，当然，也几乎没人喜欢，与京京走到哪里都会成为人们关注的焦点相反，这些狗狗走到哪里都几乎没人理，相反，人们甚至会拿起石块打他们，把他们驱赶走。京京觉得他们挺可怜的。

转眼间春天来到了，京京已经长成大狗了。空气中弥漫着花的芳香和爱的气息。

恋爱中的狗狗喜欢奔跑，每当有美女狗狗准备恋爱，她往往四处奔跑，这时帅哥狗狗为了表示自己的诚意，都在她的后面疯狂追赶。有时候，一个美女狗狗后面甚至有十几只帅哥狗狗在后面追赶。

在这群追赶的帅哥狗狗之中，京京如果也在里面，那他一定在最后面，每次都这样，美女们甚至根本就发现不了自己。

转眼间恋爱的季节过去了，附近的狗狗们多已找到自己的伴侣，并开始繁衍自己的后代。小区河边的那只非常难看的癞皮野狗甚至有了数十个子女。京京却一无所获。

京京非常伤心。

"我长得这么可爱，人们都这么喜欢我，为什么却没有一只美女狗狗喜欢我。难道他们都是嫉妒，不是，肯定不是。那到底是什么原因呢！"京京百思不得其解。

关于美丑，有很多标准，有些对人看来非常美好的东西，在动物的眼中，不但不是美好的，甚至，还是他们所厌弃的。

## 贪图享受的小鹰

老鹰妈妈孵出了三只小鹰，他们个头一般大，眼睛都溜圆溜圆的十分可爱。老鹰妈妈每天除了陪伴他们，就是外出觅食给他们吃。

妈妈很勤劳，小鹰们生活得很舒服，他们都成长得很快，转眼之间，他们已经可以离开窝巢在低矮处做一些飞翔了。

这天妈妈带回一只奄奄一息的麻雀，放在这三个小家伙面前，告诉她们："很快你们就长大了，长大就要独自觅食，现在必须学习一些基本的捕食本领，这样，等你们真正长大的时候，才能够独立生存。"

接着老鹰告诉了他们，抓一只小鸟的技巧，接着进行示范，然后叫他们模仿。

两只小鹰立即有模有样地开始模仿，虽说那只麻雀受伤了，但还是从两只小鹰的围堵中逃了出去。

第三只名叫粒粒的小鹰看到后哈哈大笑起来。

"你为什么不学习而在那里笑呀？"老鹰质问粒粒。

"我又不会！"粒粒说。

"不会才要学习呀！"老鹰说。

粒粒表面答应，但是从不肯认真练习。每当妈妈叫他们练习，粒粒都是在一边看热闹。

其实粒粒心里想："练习与不练习不都是一样吗，妈妈最后还不是把东西平均分给三个人吃。老老实实地待在窝里多么幸福，我还是先享受一下再说吧！至于，捕食本领吗，等我长大了，我自然会学会的。"

以后几个月时间，另外两只勤奋练习的小鹰已经完全学会捕食了，粒粒却依旧一点都不会，每天他吃得饱饱的，吃饱了就睡觉，日子过得很惬意。

这天，老鹰把他们三个喂饱之后，对他们说："今天这就是我给你们的最后一顿午餐了，吃了这顿饭，你们就各自觅食好了！"

三只小鹰都愉快地飞走了。粒粒虽然没有练习过，但是妈妈和哥哥们抓小鸟的样子他是见过的，他试图照着他们的样子去抓鸟，可是一只也抓不到。没多久，就饿死了。

年轻的时候，就是需要学习本领的时候。年轻时候如果贪图享受，不思进取，日后需要付出的代价是无比沉重的。


## 高飞的麻雀

有一只麻雀，立志要高飞，天天苦练高飞本领，最后，终于如愿以偿。它甚至能像雄鹰一样在蓝天上自由地翱翔。

一般麻雀非常羡慕它，纷纷向它询问高飞的好处，这只麻雀头头是道地讲述着。这只麻雀说，我想用事实证明，只要敢于梦想，麻雀也可以超越雄鹰。其他麻雀非常敬佩它，这只麻雀也觉得自己非常了不起，因此更加努力地学习着高飞的本领。

在一次高飞时，它忽然发现头顶有一只雄鹰，当然雄鹰也发现了它。它吓坏了，它记得老麻雀告诉过自己，遇见雄鹰时要么钻进屋檐下，要么躲进草丛里。可是它离屋檐和草丛都太远太远了！它匆忙逃窜，可哪里是雄鹰的对手，于是自然而然地就成了雄鹰的美餐。

看来，雄鹰飞得高是为了更好地寻找食物，麻雀飞得低是因为低处更有利于自己生存。所以，只有适合自己的高度才是最好的高度。

老王与狼

老王身居山村，一贫如洗，不过，村里也没几个富人，也就不以为意。

一日，老王进山，发现一窝狼崽，弄回家，精心喂养。很快，狼崽就长大了。后来，有个城里人想用 2000 元买一只，老王不舍得。最后那人竟然把价格提到 5000 元，老王还是不舍得卖，那人只得非常遗憾地走了。

那人走后，老王想自己有 4 只狼，至少也能值 2 万元。2 万元对贫穷的小山村来说，不是个小数目，老王猛然发觉自己已经不再贫穷了。

老王决定努力增加狼的数量。虽说养狼困难重重，但他最后把各种困难都克服了，三年之后，老王的狼已经超过 30 只了，这时的老王已经当之无愧地成为山村首富。

老王为拥有这么多狼感到自豪，不管谁来，老王都会把他领到狼舍边说："看吧！我有这么多狼，价值十几万呢！"没人来时，老王也经常会对着狼发呆，他实在想不到今生会因为狼而发财。

一日，老王喂狼时不小心，被一只狼拖进了狼舍，众狼一拥而上，老王很快变成一堆白骨。

可怜的老王，他怎么也没想到：在他眼里狼是自己的财富，在狼眼里他却只是一顿美餐。


**唱歌的灰山羊**

动物世界举行歌咏比赛，获奖者待遇优厚，各种动物皆跃跃欲试。

灰山羊也去参加比赛，灰山羊还没开始唱，就引来一阵热烈的欢呼声，灰山羊激动得热泪盈眶，待到他满含深情地开口歌唱，他才发现自己的嗓音实在太沙哑了，他正准备打退堂鼓，想不到周围响起了一阵热烈的鼓掌声和欢呼声。想不到平日默默无闻的羊竟能唱出如此标准的海豚音，真是不简单！大家都跟着欢呼！于是他异常兴奋地继续唱了下去，直到唱得口干舌燥，周围的欢呼声都没有停止。

灰山羊实在是太激动了。在参加初赛的数百种动物中，灰山羊发现观众对自己的热情是最高的。然而初选成绩公布时，却没有灰山羊的名字。灰山羊气愤无比，于是到这场比赛的投资方白羊家论理，希望他能够为自己主持公道！

白羊捋着胡须说："你的情况我很清楚，那天，你参加比赛时，我其实也在场，只不过躲在一丛灌木的后面而已，我除了听见了大家的欢呼，还听见了一些其他议论，很多人说，嗓音这么难听，还好意思参加比赛，真是没有自知之明。说实话，我认为你有勇气参加比赛是不错的，但是因为听到了大家的欢呼声就不知道自己有几斤几两就非常不应该了，因为同样的欢呼，可能有的只是图一时新鲜，有的是挖苦，再说，即便他们是在真心实意地欢呼，那也不一定说明你水平高呀！毕竟受世人追捧的不一定就是艺术。"

灰山羊目瞪口呆。

## 遥望夜空

量过血压，医生淡淡地说："高血压。"然后在体检记录上快速写下了几个笔画轻飘的数字。

虽说患高血压是预料之中的事情，但真正听到这三个字从医生口中说出来，我还是有些无所适从。只觉心跳频率顿时提高了许多，好一会儿，才恢复正常。面对那几个再普通不过的阿拉伯数字，那感觉仿佛一次次渴望奇迹但奇迹几乎从未出现的学生时代，看到试卷上令人痛苦得颤抖的分数。

我记得去年体检时，量过血压后，医生很友好地对我说，血压有些高，也许是刚来活动量有些大的缘故，你坐一会儿，稳一稳，我重新给你量。十多分钟后，再量，医生微笑着告诉我，正常了。我顿时如释重负。

今年，医生怎么就不给我个机会呢？

转念一想，我不过是自欺欺人罢了，去年体检，经过休息后，虽说勉强不再是高血压，但也临近高血压。今年虽说已经是高血压了，却也刚刚达到边缘。

这些年，我的血压一直在升高。因为升得不快，并且尚属正常范围，也就没怎么在乎。现在，已经是高血压了，心中难免五味杂陈。

那些日子，与同事、朋友聊天，也往往很快就扯到高血压的话题上。"要想确诊高血压，是需要经过多次测量的，一次两次的测量，不能下定论。我的血压是正常的，但有几次却量出了很高的数值。"有朋友这样劝我。"你这血压值，已经很不错了。现在人血压普遍较高。再说，五十多岁的人了，血压稍微高些，也是正常的。只要没感到身体不舒服，就不必太在乎。你越是在乎，可能越不利。"也有朋友这样劝我。然而，这些话都没能抚平我内心的沟壑。

年龄渐长，入睡越困难。在无数难以安眠的夜晚，我总是忍不住思考自己的身体状态。

年轻时，对岁月带来的身体状态上的变化不够敏感，或者，那时岁月带来的身体状态的变化尚不足以让人有明显的感觉。从四十五开始，身体上的各种不正常频频出现，体力衰弱、睡眠欠佳、性情易怒、牙齿松动、记忆减退、视力变差……各种小问题一个接一个。因为很多问题都是渐进性的，颇有温水煮青蛙的特点，也就渐渐地适应了。

这次的不正常，对我的影响比以前大多了。

我甚至听到了死神悄悄向我逼近的脚步声，虽然，那声音是极为细小的。我感觉它像一只准备捕捉猎物的豹子，以近乎悄无声息的脚步声向你慢慢靠近，只等时机合适，突然以迅雷不及掩耳之势向你发出攻击，让你连反抗和挣扎的机会都没有。

是到医院再次进行认真检查以便确诊？还是干脆置之不理？抑或直接服用药物治疗？怎么处理这次体检结果，我犹豫不决。

倘若再次到医院检查，颇有小题大做的意思。如果干脆置之不理，弄不好会导致血压持续升高。要是直接服用降压药，危害更不用多说。我可不想从现在开始就靠服用降压药活着。

连续几天，我几乎整夜失眠，有时好不容易睡着又会在噩梦中惊醒。这晚，我又一次从噩梦中醒来，准备再睡时，却怎么也睡不着。看看时间，才凌晨两点，我起身来到阳台。

我久久地俯视着城市夜晚鲜有行人的街道，遥望着远处公路上不时开过的汽车的忽明忽暗的灯光，无助的情绪在心头弥漫。许久许久，我抬头看天，天空幽深灰暗，我努力在这深邃夜空中寻找闪烁的星星。

记得小时候，家住农村，每到晴朗的夏夜，人们喜欢到外面乘凉。天空群星密布，仔细寻找，总能找到几颗在慢慢滑行，看久了，碰巧会发现某颗流星快速划过夜空的场景。每当此时，首先发现的人总会发出与安静夏夜气氛不太一致的惊呼。更多的星星是不动的，它们以亘古不变的姿态永远闪烁在深邃夜空。那些和大人们一起在户外乘凉的夏夜，小孩子们躺在地上，仰望着满天星斗的夜空，听大人们讲着关于日月星辰的神话传说，我们的思绪在无垠夜空自由翱翔。

可是，现在，我再努力也找不到几颗星星。

## 苦中寻甜

当一个人过上了吃喝自由的生活时，人们总喜欢用"吃香的、喝辣的"来形容。如果一个人的生活无比幸福，人们也喜欢用"生活甜如蜜"或"生活比蜜甜"来形容。香、辣、甜，这些最常见的味觉总是与幸福生活密切相关。而与这些味觉密切相关的食物，总是受人欢迎的，而与苦有关的食物多是被人抵触的。

因为血压高的缘故，我除了控制饮食量，还努力寻找有利于控制体重、降低血压的食物。通过查阅资料，仔细分析，发现越是那些口感好能够给我们幸福感觉的食物，反而越不利于我们的健康。越是那些平日里大家不太愿意吃的口味欠佳的食物，反而越有利于我们的健康。

以"香"为例，怎样让我们做出来的饭菜更香，除了放些可能会改变食物本身味道的香料，最简单的办法就是在加工食品时多放些油，或者，干脆用油炸出来。可是油放多了，肯定不利于健康。油炸食品的危害大家是再清楚不过的。但是，各种油炸食品还是深受大家欢迎，我认为还是大家难以抵制香味诱惑的缘故。

对于另一种大家都非常喜欢的味道——甜，就更明显了。我曾经在无数的报刊上读过"糖类"食品对人类健康的危害，甚至有些资料表示当前对过度食用糖类食品的危害是被有意降低了的。当然，这只是一家之言。但过多食用糖类食品的危害是客观存在的。

与之相反的是，越是没有多少滋味，或者口感一般或者发苦的食物，反而是有利于健康的。

其实，对香甜的食物，我也是非常喜欢的，我认为，也许正是因为喜欢这类食物，才加重了我的肥胖，进而导致血压升高。那怎么办？很明显，只能尽力远离这些食品，而设法去吃更多滋味一般或者苦涩的食品。

而这类食物是非常容易得到的。最容易得到的就是野菜。于是，我开启了我的吃野菜之路。

一年四季，我吃得最多的野菜是苦菜与蒲公英。这两种菜在我们这个地方是很容易找到的。从初春，便可以到田野中挖到它们。当时，别的草尚不茂盛，这两种野菜就已经长出来了。这时的它们，非常嫩，从叶片到宿根，都是可以食用的。这两种野菜吃法很多，可以凉拌，可以炒着吃，还可以炒制成茶叶，一年到头饮用。所以，每年春天，我都喜欢在车上备一把铲子，不管到哪里游玩，都顺便挖点野菜回家享用。

除了以上两种野菜，我吃得较多的另一种野菜就是"人性菜"，这种野菜学名苋菜。与前两种野菜相比，人性菜的好处是非常多，而弄回家后，又可以当成普通蔬菜大量食用。

还有两种野菜，我们也吃得特别多。那就是苦卖菜与赤果菊。这两种野菜密集程度与人性菜之类的野菜没法比，但只要留心，在公园与路边还是很容易找到的。苦卖菜类似于一般的苦菜子，但是叶片比苦菜子肥厚许多，在路边的草丛与公园的绿地上，都容易发现。相对于苦卖菜，赤果菊更容易找到。它长得比较高，在一般的环境中，能长得半米多高。

它的种子成熟后，有点像蒲公英的种子，上端的那簇绒毛绽放开来，如一个白色的降落伞，可以随风飘很远。

也许就是这个优势，让这类植物生存范围很广。我和妻子经常到住家附近的古城中散步。古城正在开发之中，许多地方尚未完全建成，给野草留下了大量自由发挥的空间。

几乎每处建筑前面预留的空地上都有赤果菊的身影，鲜有人去的城墙上面也有许多，我们像爱护自家蔬菜一样爱护着它们，每隔几天去采一遍叶片，留下植株，让他们继续生长。时间长了，哪些地方这种野菜非常多，我们已经基本清楚，只要有时间，我们总是定时前去采摘叶片。为了保证新的一年能够长出更多的植株，秋天临近，我们还特意留下了一些植株让它们结出种子。

深秋与初冬时节的苦卖菜特别好吃，无论凉拌还是炒鸡蛋，都细腻软滑而略有苦味，那种感觉是从食用大鱼大肉中难以找到的。

冬天与初春时节，荠菜等多数人都喜欢吃并非常熟悉的野菜，我们当然也吃得不少。无奈大家都喜欢这种野菜，所以很难挖取。实际上在初春时节，我们食用较多的是另外一种野菜，那就是麦蒿。相对于荠菜，麦蒿的味道没有那么好，可是吃了也是有很多好处的。麦蒿含有青蒿素，有一定的祛痰定喘、强心利尿、通肠润便的功效。这些作用，对我来说都是非常好的。更主要的是，也许是因为口感不好的缘故吧，我们这地方食用这种野菜的人特别少。于是，每到春天，田间路边，遍地都是。只要想吃，随便找块空地，一会儿就能挖到不少。

这是我们吃得较多的几种野菜，别的野菜也吃过一些，譬如野蒜、山菜、地黄、猪牙草、荠荠菜、马齿苋、灰灰菜等，但是由于有些野菜食用有些禁忌，有些野菜难以弄到，总体食用量不大。

总而言之，食用野菜的经历，让我对身边的多种野菜有了更多地了解。我常常惊叹，原来身边的那么多的野草都是可以食用的。而在所有的野草中，我觉得越是那些口感不好的反而对人更有好处。味道微苦的，多数具有消炎、降压的作用，这真是应了那句"良药苦口利于病"的俗语。

我常常想，现代人的口味总体还是过于重了些。也许是生活太好的缘故，每到做饭，总是尽最大努力满足自己的味觉，可是味觉是越刺激越不敏感，于是乎，只能继续加大刺激力度。以吃火锅为例，我是不太敢吃辣的，但稍微有些辣味确实能够给人不错的感觉，所以很多次我总是要微辣。可是即便是微辣，那种火辣程度也往往令我难以忍受。我常常想，这还是微辣，那正常的辣到底会怎样？

我常常想，单调而过度的追求享受，早已超过了生命的实际所需，进而带来一系列的问题，这是很多现代人面临的普遍性问题。只有控制享受，回归生活本来应该有的状态，才更有利于身体健康。

## 习惯饥饿

饭菜虽然已经上齐，别的客人却还没有来。我独自坐在酒店的大圆桌旁，面前是满满的一桌饭菜。

电动圆桌自动转动着，一样样散发着香气的饭菜慢悠悠地朝我转来，又慢悠悠地离我而去。

猪肘子大小适中，香气浓郁，猪肉纹理分明，线条颇粗，猪皮温润而有弹性，很明显，炖得火候非常到位。

烧鸡的味道有些特别，似乎比以前吃过的任何一种烧鸡都要香。那种香气非常富有穿透力的，只要吸一口，就会直达人的五脏六腑。在加工的时候，到底是放了什么特殊香料，还是这鸡本身就是独特的，我猜不出来，但不管是什么原因，一定非常可口。看来确实是名不虚传的，这家酒店的烧鸡非常有名，有无数食客是奔着这家酒店的烧鸡而来的。

鱼的样子很特别，最奇怪的是鱼头与以前见过的任何鱼种都不一样，它的脑袋像一只羊脑袋，有两只弯弯的角，世界上怎么还有这么奇怪的鱼？不知这样的一条鱼，会是什么味道？跟普通的鱼大同小异，还是会有羊肉的味道？听说这家饭店的鱼是用最先进的基因技术养出来的，单看这条鱼的样子就能看出这里的鱼应该是大有来头，味道也肯定会很特别……

面对这么多美食，我非常想吃上一口，但是，这些都是完整的，倘若吃上一口，难免会被别人看出来，可是不吃又实在难以忍受。我的眼光只得转到别的菜上。

这只烤鸭非常不错，肉质鲜嫩，鸭皮微黄，关键是厨师已经切好了，我随便吃几块，只要把吃剩的骨头藏起来，或者干脆把骨头也吃掉，应该不会被看出来的。

这样想时，我刚准备伸筷子，它却慢悠悠地转走了，我不好意思站起身来去追，毕竟那样动作幅度太大，容易被人发现。

不过没关系，那只烤鸭刚离我而去，就有一盘红烧肉慢悠悠地跟了过来。对，就吃它了，好吃，还没有骨头，只要放进口中，就应该不会留下任何痕迹。

我刚把一块最大最肥的红烧肉夹起来，酒店的门突然就开了，一大群人走了进来，我尴尬极了，那盘红烧肉已经转走，我放又放不回去，吃又不好意思……

这时，我一下从梦中醒来。

看看表，刚刚凌晨两点。这么说，我刚刚睡了不到两个小时。昨天晚上，因为太饿，我在床上翻来覆去难以入睡，过了午夜才刚刚睡着，想不到这么快又醒了，醒了也就醒了吧，偏偏又做了一个这样的梦。

其实，自从开始减少饮食量并尽力少吃肉，我经常做这样的梦，有时甚至在白天也会陷入对美食的冥想之中。

肚子在咕咕地叫，胃部有些隐隐作痛。起床吃点东西，还是继续跟饥饿对抗？我知道，如果不吃东西，再入睡将更加困难。可是，如果吃东西，我这好几天的努力没准又要白费了。

我必须战胜自己，坚决不吃东西。我忍着饥饿在床上辗转反侧。

我常常想，对减肥的人来说，最大的挑战就是饥饿的考验。相对于饥饿来说，逼迫自己运动并不是多么难的事情。毕竟，除了疲惫，运动本身给人的感觉是舒畅的，尤其是运动之后，带给身体的舒畅之感是非常令人愉悦的。但是饥饿就不同了，饥饿对人的折磨是实实在在的。

尤其是当你无比饥饿，而可口的零食与饭菜就在身边的时候，要做到坚决不吃，可能对每一个人来说都是非常大的考验。

可是，有关资料显示，要想减肥，就得挨饿，或者说，如果身体没有饥饿感，就没法实现减肥。所以，要想快速减肥，势必就要承受更大的饥饿感。这样看来，想减肥，又不想挨饿，那几乎是不可能的。

对多数人来说，减肥一般需要加强运动，而运动之后，会更加容易饥饿。如果不刻意节食，饭量一般会增加，这样，体重往往很难降低。更不利于减肥的是，如果因为运动饭量增加了，如果一段时间锻炼没有跟上，体重就会快速上升。我认为，这也是很多人通过运动减肥，很难实现目标的主要原因。

这样，最可靠的减肥办法就是：加强运动，减少饮食。其中，就免不了挨饿。

有多少次，我拿起了面前的零食，又强迫自己放下。有多少次，我大快朵颐，吃得正欢，又立即停止进食。有多少次，我本来有机会参加某些场合，但是，我知道只要我去了，我肯定难以控制住自己，于是不再参加……

就是在这样的斗争中，我努力控制自己。终于，我已经渐渐适应了饥饿的感觉。饥饿对我来说，已经成为生活常态。一件事情，只要你适应了，可能就没有那么难以忍受了。毕竟，我知道，饥饿固然难以忍受，但饥饿后的幸福感，会更加诱人。

为了那个幸福的目标，我在饥饿中艰难跋涉……